徒然草のつれづれと無為

兼好にとって自然とは何か

藤本成男

大学教育出版

はじめに

徒然草は古典文学としてよく知られ、多くの読者を持つ味わい深い作品であるが、作者兼好とは何者なのかと考えてみると、これまで通説とされてきたことも、改めて見直す必要に迫られており、実際のところ、その思想的背景、さらに家系や生国など伝記的なことも含め、よくわからないことが多い。しかし、表現の端々にうかがわれるように、兼好がさまざまな方面の教養を身につけ、下層ながらも公家社会と関係をもち、朝廷の儀礼や法制にも通じていたことは、その内容から明らかである[1]。

もともと、徒然草は兼好没後一〇〇年くらい経って読まれるようになったのであり、それまでは忘れられた存在であった。一五世紀中頃、正徹（一三八一～一四五九）がそこに中世的美意識が濃く表れていると見たように、歌論の世界においてそれが享受されることはあったが、多くの注釈書が生まれるのは近世初頭以降であり、その評価は時代の価値観とともに変遷する。たとえば、早くは立安の『寿命院抄』（一六〇四）で、「兼好得道の大意は、儒釈道の三を兼備する者」ととらえ、それを現実的な教訓書として読もうと試み、松永貞徳の『慰草』（一六五二）は、一般の人々の生活指針となるように、さらにそれを和らげた解釈を展開して歓迎と流布を得た。以後、しだいに兼好は道念の人から文芸人、さらにはくだけた一面を持つ粋人としても受け取られるようになる。徒然草には、広い視野と柔軟な思考が見られ、それが人々に種々の関心を抱かせてきたといえる。[2]

そもそも、徒然草と兼好についてみていくとき、そこにはさまざまな矛盾を挙げることもできるだろう。しかし、かりにそれが矛盾にみえるとしても、兼好のなかではひとつの動機、根本的な衝動のもとに、自己の「自然」に逆らうことなく表出されたものなのではないかと思われる。そのような矛盾は、ある意味では人間存在そのものに内包されたもので、兼好はそれを自分なりのしかたで示したにすぎず、それこそが兼好の独自性ともなっているといってもよい。[3]王朝文学から中世文学への流れのなかに徒然草を位置づけようとするとき、徒然草の「つれづれ」は改めて検討すべき重要な概念であり、それと関連して浮かび上がってくるのが「無為」ということである。それはそのまま、兼好にとっての「自然」とはどういうことであったのかということにつながっていく。さしあたって、本書において第一章では「つれづれ」から「無為」への道筋をつける。

さらに、「徒然草と老荘」（第二章）、「徒然草の時代」（第三章）で問題にしたいのは、兼好が「無為」とのかかわりにおいて、老荘の思想をどのように読み、それをいかに自らの思考に生かしていったかということであり、またそれが彼の生きた時代とどう関連するのかということである。「無為」というあり方を深めていくことで自ずと「自然」とは何かがみえてくる。つまり、何が自然であり、何が不自然であるかの自覚が生まれてくる。そこから、兼好にとっての自由な生き方へのヒントも得られるのではないかと思われる。

無為は、一般的には何もしないでいることであり、「無為無策」「無為徒食」といった語が示すとおり、「無為に過ごす」ことや「無為な日常生活」は否定的にとらえられる。しかし、それはまた、あるがままにして作為しないことであり、老荘では「無為自然」として思想の根幹をなす。とはいえそれは、心を無にすることによってものへの執着を断つということではなく、むしろ、心を虚にして万物を迎え入れるという見方である。一方で、仏教の根本を空ととらえることもできるが、それは無為ともつながっている。それはとらわれのないすがたであり、般若の智慧では「智もなく得もなし」といった否定を前提とし、とりたてていうことではないあたりまえのことこそがまさに実相であり、絶対的なことであるとも受けとめられた。したがってまた、「無為」は修行の果てにたどり着くべき菩提のあり方ともなる。

徒然草は無常観の文学ともいわれ、無常という観点から多くのことが語られてきたことも事実であるが、思想的には、仏教以外に儒教・老荘・神道といった、さまざまな側面があり、兼好が生きた当時の複雑な政治情勢や思想状況が背景にある。いわゆる無常ということについても、兼好が自らの人生の過程でどのような問題に直面し、その時代や社会をどうとらえ、それとどう向き合っていたのかといったことから、改めて考え直してみる必要がある。(4) またそのことが、兼好独自のものの見方なり考え方を作り上げるうえでどのように作用しているのか、そして彼がほんらい求めつづけたものとどうかかわるのか、さらにそれが「無為」とどうつながるのかを、「徒然草と無常」(第四章)、「徒然草の「道」」(第五章)で考える。

兼好が、仏教、老荘などをどのように内面化したかについてはわからないことも多いが、「つれづれ」を突き詰めていくなかで、「無為」とかかわり、それを自らの行動に結びつけ、あるいはその生き方につなげていったということは想定しうる。無といい空といっても、中国で仏教が受容された六朝時代において、老荘の無を通じて仏教の空を理解するのが一般的であったとされる。少なくとも、老荘においては精進努力の末に真理を体得するという考えはなかった。ことさらに人為的な努力をするのかしないのかということなら、そういうことをしないのが老荘的な意味での「無為」である。むしろそこでは、自力か他力かという議論をこえたところに、「自然」のほんらいのすがたがあるとみるべきだろう。兼好が「ただ今の一念」を強調するのも、厳しい修行に人を誘っているというよりは、人間にとっての生死を切実に感得することにおいて、だからこそ、いまのこの生を「楽しぶ」ことをめざしている。したがって兼好にとっての「無為」は、むしろ人間自然のぎりぎりのところにねらいをつけ、そのうえに立つ覚悟あってこその「無為」であったともいえる。そこには、兼好にとって「自然」とは何であったかということもまた自ずと表されているのではないかと思われる。

注

(1) 小川剛生『兼好法師』(中央公論社、二〇一七)によれば、兼好は同時代史料には断片的にしか現れず、徒然草について史上初めて言及し、自らそれを書写した正徹は、「在俗時の兼好のことを滝口のごとき「侍」ともみなしていた」

(2) 川平敏文『兼好法師の虚像』(平凡社、二〇〇六)「南朝忠臣説的な兼好像は『園太暦』偽文に根ざしていた。それを否定する論調が一般的に定着するのは、藤岡作太郎『鎌倉室町時代文学史』(大正四、一九一五)以降であろう」

(3) 小林智昭「徒然草の主題と思想」(『國文学』一九七〇、三月号)「「実在は矛盾であり、矛盾が深ければ深いほど真実在である」(西田幾多郎)とするならば、徒然草にみるこの種の矛盾の深さは、作者の自覚の強さとあいまって作品の真実性を強調こそすれ、けっしてその価値をそこなうものではないであろう」

（4）　島内裕子『徒然草の内景』（放送大学教育振興会、一九九四）「現代の兼好観・徒然草観も大別して二つある。孤高の文学者による鋭い美意識と深遠な思索の書物としての徒然草観がある一方で、もっと気さくな人生の表裏に通じた人物による日常的で軽い滑稽味を帯びた書物としての徒然草観がある。徒然草自体の中にこれらの両面が含まれているからこそ生じた現象である」「兼好は仏教のみに自己の精神的基礎を置いているわけではなく、老荘思想にもかなり惹かれているし、さらには、儒教的な価値観も持っている。どれか一つに集約することは不可能である」

徒然草のつれづれと無為
―兼好にとって自然とは何か―

目次

はじめに……… i

第一章　徒然草の「つれづれ」……… 1

一　「つれづれ」とは何か　1
二　「ただひとりある」ことと「つれづれ」　8
三　「つれづれ」から「無為」へ　14
四　「無為」を「楽しぶ」　20

第二章　徒然草と老荘……… 29

一　「賢愚得失の境」を出る　29
二　自然なあり方を求める　35
三　老荘受容と時代思潮　42
四　「物皆幻化」から見る　47

第三章 徒然草の時代……55
一 「無」の契機 55
二 頼まざる処世 63
三 東国からの視線 69
四 滅びのうちに生まれるもの 75
第四章 徒然草と無常……83
一 死到来の必然性 83
二 諸縁放下と自由 90
三 兼好と仏教諸宗 96
四 無常のとらえ方 106
五 仏道のゆくえ 113
第五章 徒然草の「道」……123
一 人の道 123

二　色好みと道念　132
三　道としての有職　140
四　道を知る　145
五　無為に至る道　153
あとがき……162

徒然草のつれづれと無為

――兼好にとって自然とは何か――

第一章　徒然草の「つれづれ」

一　「つれづれ」とは何か

本来、つれづれという語の意義は、多くの用例から判断すると、焦慮・煩悶・慷慨・不平その他喜怒哀楽何くれの抑え難いものを抱きつつ、四囲の状況、または何かの事情で、手を拱いて、ことの推移に身を任せている心の情態、いらだたしさを抑えていてしかも表面の平静なのを表す語ということになる。これは、心が満たされず所在ない状況であり、そこから解放されるためには何か気が紛れることをする必要がある。この語がもっぱらわだかまりのある、すっきりしない心理状態に用いられるのは平安時代以来の伝統であり、「つれづれ慰むもの、碁・双六・物語」と、枕草子で挙げられる解消法は、ちょっとした遊びや面白いことが中心になっている。しかし、『和泉式部日記』に見られる「つれづれ」は、恋人との緊密な関係を求める心理を表出する歌ことばであり、一人でいることによって抱く満たされぬ思いを表し、相手の訪れによって慰められるものであった。[1]

兼好法師自撰家集では、「三月ばかりつれづれとこもりゐたる比、雨のふるを」という詞書をもつ歌、「ながむればはるさめふりてかすむなりけふはたいかにくれがてにせむ」「かくしつついつをかぎりとしらまゆみおきふしすぐす月日なるらん」がある。ここでの「つれづれ」は時間をもてあまして、なすすべもなく春雨が降るのをぼんやりと眺めている様子であり、なんともしようのない無聊を託っている。徒然草でも、序段を含む八例のうち、第七五段だけははっきりと他と異なるところがあるが、それ以外の「つれづれ」は足りないものを何かによって満たしたいという状況にあることを想定できる。第一二段は、友人と心を通わせたいと望みつつ、しっくりとしない心さびしさ。第一七段は、人が日常の仕事を離れることによって起こる手持ち無沙汰、第一〇四段は、何らかの理由で家に籠もっていなければならないやるせなさ、第一三七段は、興味深いもの、面白いものを見ているときに感じなくてすむ退屈さ、第一七〇段と第一七五段は、話し相手がほしいと感じるような、時間を持て余している様子を表す。それらの「つれづれ」は、何ものかによって慰められることを求めている、と一応みることができる。(2)

それでは序段に代表される徒然草の「つれづれ」が、その何かによって簡単に慰められる程度の心の状況かというと、必ずしもそうではない。もちろん「つれづれ」を好ましい状態ではないとみる見方も前提としてはあるが、それを踏まえつつも、そこに止まらない、何か積極的なものを見ようとしているのが、兼好にとっての「つれづれ」であることは間違いないだろう。とくに、第七五段では「つれづれわぶる人は、いかなる心ならん」と、「つれづれ」こそ理想的であり、そのような境遇にあることこそすばらしいのだと述べているようにも受け取れる。

確かに、序段の「つれづれなるままに」には社交辞令として、退屈紛らしに書いたというニュアンスも含まれるが、平安時代以来の「つれづれ」を、環境が単調・無聊で、孤独感を抱きながら、それがなかなか晴れない状態であるとするなら、兼好の生活態度から見て、そうした孤独のもたらす寂しさ・人恋しさとが混じり合ってはいるものの、静思静観の時間をつくづくと楽しみ味わうことによる一種の満足感を含むものとなっている、と解することができる。少なくとも、徒然草は、他者の圧力や外部の要請、さらに自身を取り巻く環境さえ、明示的には執筆の弁明とはしていない。純化された「つれづれ」の中で、どこからともなく彼を突き動かす「心」によって書かれる。[3] そして、兼好の「つれづれ」が「出家」を一つのきっかけとして独自の意味を持つようになったとすれば、その出家あるいは隠遁とはいったい兼好にとって何であったのかということを考えてみなければならない。それは単に、仏道修行に専念し、世俗生活を離れるということが本来の目的であったとは考えられない。あえて言うなら、それまでのあり方から生き方の転換を図るための一つの方便であったのではないか、とも思われる。第一段で「ひたふるの世捨人は、なかなかあらまほしきかたもありなん」といい、第四段で「後の世の事、心に忘れず、仏の道うとからぬ、心にくし」とはいうものの、少なくとも、ひたすら仏道を求めるということだけではなかっただろう。

第一八段で「人は己れをつづまやかにし、奢りを退けて、財を持たず、世を貪らざらんぞ、いみじかるべき。昔より、賢き人の富めるは稀なり」といい、理想的人物として中国古代の伝説にある許由と孫晨を挙げているが、それは無一物とも簡素の極みともいうべきすがたを表す。つまり、そのような生活のかたちを求めたのであって、富への欲に駆られ物質生活に振り回されることのないあり方、心を乱すものを極力避け、余計なものをできるだけもたないで、結果的に静思静観を通して、心の涼しさを保つことはできないものかと思い、そこから「つれづれ」が深まっていった、といってよいかもしれない。

詠嘆的無常観がよく表れているとされる第七段、「あだし野の露消ゆる時なく、鳥部山の煙立ち去らでのみ住み果つるならひならば、いかにもののあはれもなからん。世は定めなきこそいみじけれ。命あるものを見るに、人ばかり久しきはなし」と、それに続く、漢籍の「淮南子」や「荘子」を典拠とする「かげろふの夕べを待ち、夏の蟬の春秋を知らぬもあるぞかし」も、「命長ければ辱多し」を導くものであり、その「辱」は「世を貪る心」からくる。その世俗的な欲のために「もののあはれ」もわからなくなっていくというのであり、「つくづくと一年を暮すほどだにも、こよなうのどけしや」といえるためには、そういった貪りに加えて、第八段の「世の人の心を惑はす事」としての「色欲」や第九段の「愛著の道」もまた、人間のありのままのすがたを前提として、そうであるからこそそのなかで何を求めるのかを問い、自らの「つれづれ」と向き合おうとするのである。兼好に、その貪りへの執着がなかったわけではない。逆に、執着が強かったからこそ、その空しさが人よりもいっそうよく見えていたともいえる。精神の自由、道に遊ぶ心は、執着することを迷妄なりとする心となお離脱できない心との相剋を前提としている。むしろその相剋にこそ意味がある。

第七五段では「つれづれわぶる人は、いかなる心ならん。まぎるるかたなく、ただひとりあるのみこそよけれ」といった。人はいったん世俗の生活環境を離れ、「ただひとり」ある身となったときにはじめて心の平静を保つことができるという。「世にしたがへば、心、外の塵に奪はれて惑ひ易く、人に交はれば、言葉よその聞きに随ひて、さながら心にあらず」として、「つれづれ」の境涯は避けるべきものであるどころか、かえって世俗との交渉なく閑暇あるゆえにこそ、自己本来の心のすがたに還る機会を与えてくれるのだとする。

兼好にとって出家とは、「ただひとりある」ことによって、世間への順応ゆえに生じる「さながら心にあらず」を防ぎ、それは争い・恨み・喜びなどといった分別が心をかき乱すのを避ける手だてであって、けっして仏道に目覚めてそれに専念するということだけが第一義の目的だったのではない。だから、「未だまことの道を知らずとも、縁を離れて身を閑かにし、事にあづからずして心を安くせん」ということが何よりも大切なのであり、そこに得られる充実をこそ「楽しぶ」ことになる。そしてそれは、「生活・人事・伎能・学問等の諸縁を止めよ」という摩訶止観によっても裏付けられると考えている。

確かに、兼好は第五九段「大事を思ひ立たん人は、さりがたく、心にかからん事の本意を遂げずして、さながら捨つべきなり」として、仏道に向かうことを勧める。第九八段「仏道を願ふといふは、別の事なし。暇ある身になりて、世の事を心にかけぬを、第一の道」とする。そして、第一三四段「貪る心に引かれて、自ら身を恥かしむるなり。貪る事の止まざるは、命を終ふる大事、今ここに来れりと、確かに知らざればなり」と、死という大事への自覚を促す。しかし、それは彼の仏道に対する態度を語っているようでありながら、仏道そのものを語っているのではない。「一言芳談」におけるきびしい修道者のことばを借りながらも、それはそのまま書き記されているのではなく、自己流の解釈が加えられている。[4] そこに「つれづれ」の境地とよべるものがあるとしても、ただただ仏道に専念するといった行動を取ったようには見えない。それが出家の本来の目的ではなかったからであり、仏道を語るときにまず意識しなければならなかった、人間にとっての死という現実をいかにとらえるかが何より優先されるテーマであり、そこから、人生を徒や疎かにはできぬという切実な認識や、だからこそその生を「楽しぶ」ということが引き出され、仏道そのものよりもそちらの方に重点が置かれるからである。[5]

二　「ただひとりある」ことと「つれづれ」

兼好にとって、「ただひとりある」ことは、「つれづれ」の一つの側面を示している。第一三段「ひとり燈のもとに文をひろげて、見ぬ世の人を友とするぞこよなう慰むわざなる」といい、「文選のあはれなる巻々、白氏文集、老子のことば、南華の篇」を挙げる。第一七段では「山寺にかきこもりて、仏に仕うまつるこそ、つれづれもなく心の濁りも清まる心地すれ」とし、第二九段では「静かに思へば、万に過ぎにしかたの恋しさのみぞせんかたなき」とする。これらは、「ただひとり」あることによって「つれづれ」に向き合い、自己を見つめ、自己に親しみ、そこで受けとめられるさまざまな事柄への思いをとりたててどうこうするということではなく、それをそのまま直視することによって逆に新たな感慨が生まれる。それはこれまで経験したことのないような不思議な感覚を伴ったものであり、その時々の心の動きを静かに楽しむという自己沈潜につながっていっただろう。そのとき、まず支えとなったのは、漢詩・漢籍からさらに和歌や郢曲などのことばであり、仏に出会うことであり、過去の友の思い出であり、俗世と距離を取ることで、修道の妨げとなるものがなく、自在に心が動く、それを心が清まるともいう。

また、平安後期から鎌倉期にかけて数多くの参籠の具体的な例を見ることができる。参籠を志した人々は皆何事かを心に秘め、その解決を願って神仏の下に足を運んだ。かつては一方的に非合理で予測のつかない指示を下す存在だった神仏は、中世においては人々を懐に温かく抱き留め、彼らの願いを聞き取り、それに応える存在とみなされるようになった。(6) そこでは「つれづれ」を感じさせない程度の多忙さと、心を清め煩悩を収めることができる禅定性が微妙な調和を保つと考えられた。それと重なるところもあるかもしれないが、兼好の場合、ただ「つれづれ」を解消するということだけでなくさらに、「つれづれ」に新たな面を開こうとしている。そのとき、兼好にとって「つれづれ」は厭わしいものであるどころか願わしいもの、充足されるべきものというよりは愛おしむべきものとなっている。

ふつう「つれづれ」というとき、さしあたってしなければならないことがない。そこには、ある種の空白状態がある。それはときに、慰めようのない不安・孤独にもつながるし、一人であるがゆえに自己をチェックする機能が働かず、安逸の感情に流れる可能性も考えられる。したいことがあるようでいて、それがはっきりしておらず、仮にそれが分かっていてもすぐには現実のものとはならないところからくるいらだたしさもある。兼好も最初から「つれづれ」そのものに高い価値をおいていたわけではないだろう。そういう意味では、伝統的概念としての「つれづれ」の圏内にいた。空いた時間、「つれづれ」なるままにさまざまなことをしただろう。しかし、そのことで必ずしも充実感が得られるわけではない。表面上はあまり動きがない心の状態、表向きは平静であるように見えながら、動きたくても動けず不安定なところがある。また、一方でそれを何とかしたいという欲求も期待も秘めている。俗世と距離をおいてものを見ることで、今はまだ具体的かたちをとってはいないけれども、少なくとも潜在的にこれから動き出す可能性が生じる。きっかけさえあれば、より豊かな精神活動を生み出す方向性が見いだせる。これは、「つれづれ」でなければ得られない状況である。そこに、「つれづれ」に対する兼好のシニカルな超越への憧れが生まれる。

第七五段で「つれづれわぶる人は、いかなる心ならん。まぎるる方なく、ただひとりあるのみこそよけれ」というとき、「まぎるるかたなく」ということが大切なのであって、「ひとり」は「一人」ではなく「孤独」の「孤」のニュアンスを含む。ほかならぬ「自己」を直視し、それを深めるために、「孤」を切実に感じながらも、目は世の中の雑多な出来事、人の世のありよう、あるいは自然を如実に映し取る。それは、ときに兼好の心が「つれづれ」そのものであり、「つれづれ」を「わぶる」どころか、狂気の深淵をも凝視しようとする。このとき「孤」

は、空白を埋め紛らわすものというようなものではなく、「捨てる」・「離れる」か「執る」・「着く」か、といった二律背反を超えている。

第二三五段で「主ある家には、すずろなる人、心のままに入り来る事なし」とし、「あるじなき」廃屋のイメージで自らの心を語り、いかにも「けしからぬかたちもあらはるる」という。また、鏡は色形がないゆえにすべてを映し、虚空は無であるゆえにすべてを受け容れる。心も無ゆえにあらゆることが浮かんでは消える、ともいう。「荘子」の「大宗師篇」では「身体の存在を忘れ、耳目の働きをなくし、心の知を捨てて、無差別の大道に同化する」というが、それは無為となるための工夫というより、結果として表れたものであったと考えるべきである。心とは何だろうと考え、きっと心とは空であるにちがいないととらえる。空であり、実体がないからこそ、大きく許容されることがあるのであり、そのような「虚空」としての心こそ、兼好に貪婪ともいえる人間への好奇を許したのである。紛れるどころか冴えかえり、ものが見えすぎ、わかりすぎる心境をあえて「あやしうこそものぐるほしけれ」と表現したのだともいえる。

第一五段では、「いづくにもあれ、しばし旅立ちたるこそ目さむる心地すれ」とし、日常空間の移動によって生じる精神的な解放感が語られる。旅のなかで「ただひとり」の非日常の世界に入ることによって、滞っていた心が解放される。兼好にとって旅は、人間性の自由な発露であり、明るく解放された世界であったと思われる。「持てる調度まで、よきはよく、能ある人、かたちよき人も、常よりはをかしと見ゆれ。寺・社などに、忍びて籠りたるもをかし」という。これまでに見慣れた日常も、「ただひとりある」ことによって、いっそう新鮮なものに見えてくる。第一六段「神楽こそ、なまめかしく、おもしろけれ。おほかた、ものの音には、笛、篳篥。常に聞きたきは琵琶、和琴」と、兼好にとって、古き良き音楽も、日常性を超えるものとして深い意味を持つ。これらがなぜ新鮮に見えてくるかというと、そこにほどよい距離が保たれているからである。少なくとも、そのことによって同じ日常、仮に一見退屈と思える日常もまた、まったく違ったものとなる。

「ただひとり」ということにおいて、その退屈は全面的に否定されるべきではない。それは、単なる退屈ではない。何をするにしても、無駄か無駄でないかという観点を超えてしまえば、無駄でないものはないと自覚せざるを得ない。そのような目から見れば、日常の退屈が、仮に退屈であったとしても、それが慰めようのない人生のありのままの姿だと覚るとき、それが「無為」としての価値を帯びてくる。そこでは、気晴らしの必要などまったくない。それを、そのようなものとしてそのまま「ありがたく」受け取ればよいのだから。たとえ世俗世界においては無用のしわざにすぎないことも、それは見方によれば、天地自然の真実の世界に悠然と遊ぶ、とらわれのない境地の具現にほかならない。そういう自由においてこそ、生命の充実を生きることができる。

第一三七段では、賀茂祭の行列が通るのを、「をかしくも、きらきらしくも、さまざまに行き交ふ、見るもつれづれならず」というが、なぜここにいわゆる「つれづれ」つまり退屈を感じないかというと、行列を見ようとして右往左往している人々のすがたを通して、兼好は祭りというものの何たるかを実感し、その中に人間の生きざまを感じ取り、「大路見たるこそ、祭見たるにてはあれ」ということになるからである。この段は「花は盛りに、月は隈なきをのみ見るものかは」で始まり、花・月に限らず「万の事も、始め終りこそをかしけれ」と、ものごとを盛りという一面でとらえるのではなく、人間が生きてさまざまに営んでいることを、すべてをまるごとの相において見ようとしている。そうするとその先に何が見えてくるかというと、「若きにもよらず、強きにもよらず、思ひ懸けぬは死期なり。今日まで遁れ来にけるは、ありがたき不思議なり。暫しも世をのどかには思ひなんや」と、その「ありがたき不思議」の切実な現実に迫っていくのである。

「ただひとり」の非日常における思索から見えてきたのは、大路の人混みの中にあってもその中に埋もれてしまうわけにはいかない、「一人」ではなく「独り」の自分が強く感じざるを得ないこと、「閑かなる山の奥、無常の敵、競ひ来らざらんや。その死に臨める事、軍の陣に進めるに同じ」ということであって、「一人」どこに逃げたとて決して逃れることのできない無常という事実を噛みしめるしかないのである。まさにそれは、死の実感であると同時に生の実感でもあった。この天地自然における自己は、生と死をわけることもできないし、死と生のどちらが先でどちらが後かともいえず、それらがまるごと迫ってきている。そこにおける「つれづれ」は、もはや紛らわすものでもなければ、紛れるものでもなく、ただ事実として積極的に生かされていくしかないことになる。

三　「つれづれ」から「無為」へ

第一九段で「おぼしき事言はぬは、腹ふくるるわざなれば、筆にまかせつつ、あぢきなきすさびにて、かつ破り捨つべきものなれば、人の見るべきにもあらず」という。すでに言い古されたことであっても、いま自分がここで話柄とすること自体に重い意味があるのであって、その内容がいかに無益と取られようがそれは問題ではないと考えている。いったんは、まさにその、「あぢきなきすさび」であるがゆえに、書いていく一方から破り捨てられてよいものだと認める。しかし、逆にその捨てるということ、捨ててしまうということこそが、兼好にとっては意味がある。老荘が理想とする自然に達するためには、ただ人為を捨てさえすればよかった。無為がそのまま自然であったが、諸縁を放下し尽くしたところからこそ生まれるものがあるのである。捨てても捨てても、捨てきれないところがある。そのことをを受け容れるしかないのだが、それで、捨てるということの意味がなくなったわけではない。それが兼好の「つれづれ」であり、そこに身も心もおいて考える。

そのような「つれづれ」において、無益か無益でないかという観点を超えた「無為」というところからすべてを見ようとする。世の中も人も自然も、ありとあらゆることを、その「無為」の上に展開するあれこれとして見る。それらを切り離された個々のものとして見るのではなく、第一三七段に「よろづの事も、始め終りこそをかしけれ」というように、「始めと終わり」との連関において、すべてをそのつながりにおいて見る。それは、「無為」ということにおいてこそ可能となる。だからこそ、自己放下をいいつつも、「つれづれ」において、すべてを「楽しぶ」ことができるのであった。隠逸に生きるといいながら、「つれづれ」の中にあって、「つれづれ」を「侘ぶる」ことなく、「つれづれ」と正面から向き合い、世相を鋭く観察し、それに対する批評を楽しむこともできたのである。

兼好の「つれづれ」は日常のあれこれに捕らわれているときに意識する時間をいったん止めて、世のさまざまな出来事に紛れることなく、そこに動いている人々のありさまをくっきりと浮かび上がらせ、丸ごととらえようとしている。そういうところからすべてを見ている。例えば、第四六段はたった二行「柳原の辺に、強盗法印と号する僧ありけり。度々強盗にあひたるゆゑに、この名をつけにけるとぞ」である。「法印」と呼ばれる以上は、僧侶の最高の位であり、もともと仏教の世界において学徳ともすぐれた僧と考えてよいはずである。本来結びつくとは思えない「法印」と「強盗」がいきなり「の」でつながる。たびたび強盗にあったからその名を付けたというのも、あまり通常の時間においてはありそうもない。にもかかわらず、それについて兼好は何の説明もしないで、ただその事実だけを書き記している。面白いとも奇異だとも書かない。あり得たことをそのまま事実として示し、世の中とはそういうものだといわんばかりである。これこそ、「つれづれ」の「無為」のなせるわざなのである。(7)

また、第四二段には「唐橋中将といふ人の子」で「行雅僧都」といい、「教相の、人の師する僧」の罹った奇妙な病について書いている。この人にはもともと持病として、のぼせるということがあったが、しだいに息も苦しくなり、「目、眉、額なども腫れまどひて、うちおほひければ、物も見えず二の舞の面のやうに見え」、坊に籠もったまま、とうとう死んでしまった。最後は「かかる病もある事にこそありけれ」と結んでいる。また、第四五段に「公世の二位の兄人」で「良覚僧正」という怒りっぽい人の話があり、最初は「榎の木の僧正」と呼ばれるが「然るべからず」とそれを嫌い、そのもととなった榎の木をきれば「切杭の僧正」、さらに切杭を掘り捨てれば「堀池の僧正」と呼ばれたという。ただ、そのことだけが事実として書かれている。人々のからかいと、子供っぽいとも思える「僧正」の行動、そこには、可笑しさともユーモアともいえるものがあるが、兼好の「つれづれ」の「無為」から見えた人間の諸相とは、よくも悪くもそれだけであり、それだけのものとして突き放されている。

「つれづれ」というあり方においてはじめて、それがまたそのままのこととして興味深く受けとめられる。そういう心に映ったものを、ありのままに写し出す。そこにはその刺激をことさらのものとしてとらえるのではなく、分別や計算を働かさない。それは作為的な心が働かない状態であるともいえ、「つれづれ」が行き着くところが、まさに「無為」であった。それはものごとを「柔軟」にとらえる心であり、相手が何であれ、現れたものはその現れたものとして、自己執着・自己固着なくそのまま受け取り写し取ろうとする。そこには、人の姿だけではなく、自己自身の真のありようをも見いだすことになる。第二三五段で「鏡には、色像なき故に、万の影来りて映る。鏡に、色像あらましかば、映らざらまし。虚空よく物を容る。我等が心に、念々のほしきままに来り浮ぶも、心といふもののなきにやあらん」という。鏡は自らが空であるが故に、すべてを受け容れる。すべてはそのように証し立てられている。自己が万物を対象とするのではない。すでに自己と対象は別々のものなのではない。心は心でありながら、いわゆる心ではない。「心に、念々のほしきままに来り浮ぶ」が、「心というもののなき」といえる。これは、そのようなあり方を示しているともとれる。

それでは、そこに映っては消える生の営みも虚妄なのか。兼好にとって、ときに、仏道はそれを虚妄だといい、だからこそその事実に目覚めよといっているように見える。「後世を願ふ」のはそのためであったし、菩提を求めるのもそうだろう。しかし、現実にその虚妄を生きざるを得ないとするならば、そのような生きざまをそういうものとして証し立てる道は、念々それを正面から受けとめることのうちにしかない。「ただひとりある」ことの意味はここにあった。兼好の「つれづれ」が辿り着いた「無為」は、生の現実を問いつめていった果てに現前する死という人間にとっての事実を直視することでそのきびしさに耐え、生が生としての意義を持つのはいかにして可能なのかを証す場として選び取られたともいえる。老子では、「無」はそのまま道であった。「無」はたんなる空虚ではなく、道ははたらきそのものであった。仏教では「無」によって悟りの境地を表したが、老子にはそのような意味はなく、天地万物が生成される始源を表すだけである。そこからありとあらゆるものが生まれてくる。無限の可能性、無限の包容力をもっており、それは悟りの無限定性ともつながっている。

身ひとつ、心ひとつをそのままにしておくことは、もはや時間という重苦しい無聊もなく、時間が時間であるということによって起こる煩わしさもない。そこにあるのは、選び取られた閑暇であり、自覚された閑暇であり、豊かな閑暇である。「つれづれわぶる」ということの意味を突き詰めた末に、「ただひとり」であろうとすることによって、時間が時間を感じさせないまでに透明化された。兼好にとってのあるべき閑暇において、「無為」ということが生きる。空白の閑暇からすべてが生き生きと映し出され、ただそれを如実に見ればよいのである。兼好は、凡愚を一方的に排するのではなく、その内部に肯定的なものを見いだす弾力性を持ち、何事によらず一方に偏ることを好まなかった。空虚であったが故に、そこにかえって何ものにも換えがたい柔軟性を得たのである。その「無」のうちに、限りない豊かさが生まれる。いわば、蘇東坡のいう「無一物中無尽蔵」である。

四　「無為」を「楽しぶ」

死に対する生の意義を証し立て「つれづれ」という場がかたちづくられたからには、そこに現前するあれこれに向かうとき、もはや透明な時間のなかでただじっとしているわけにはいかない。第七五段で「縁を離れて身を閑かにし、事にあづからずして心を安くせんこそ、しばらく楽しぶともいひつべけれ」というように、そこに「無為」を「楽しぶ」という観点が生まれる。この「しばらく楽しぶ」は、「つれづれ」を「無為」というかたちで純粋化した上で、死という人間にとってのきびしい現実に直面するなか、明確な救いが期待できないままにかろうじて「つれづれ」の生を救い出すことによって、心のうちに生まれるゆとりにおいて実現する。しかし、それはけっして安楽の境地とはいえず、だからこそとりあえず、「しばらく」「楽しぶ」としかいえない。兼好は、「縁を離れ」ることが確固たる仏教的信念に基づくものではないことをよく知っているし、それがある意味で中途半端だという批判を受けることも承知の上で、それでもあえて死を超えたところへ赴こうとはしていない。「未だまことの道を知らずとも」、とことわる所以である。兼好は、この「楽しぶ」ことの境地を、死の自覚の上に成就する。あくまでも生を「楽しぶ」のであり、そこにとどまって、いわば非日常をとらえる目を通して、日常をじっくり味わおうとするのである。兼好にとって「道」に即して生きるとは、与えられた束の間の生命を天地自然なるものとして、充実して生きることであった。

そのとき、兼好の意識に強く働くのが「ただ今の一念」である。今、目の前にある現実にじかに向き合っているかどうか、と自らに問わずにはいられないのである。そうでなければ、その目の前のほんとうに大事なことを見過ごしてしまうかもしれない。そのためには、まさに「ただ今」に目覚めていなければならない。第九二段で「道を学する人、夕には朝あらんことを思ひ、朝には夕あらんことを思ひて、重ねてねんごろに修せんことを期す。況んや一刹那のうちにおいて懈怠の心ある事を知らんや」という。弓を習うときに師に見抜かれてしまうその「懈怠の心」の露出は、そのままあらゆることにも通じるのであって、肝心かなめのことは何かといえば、この「今」を疎かにせず、「今」がすべてだと思えるかどうかであり、それこそが本来の「無為」に生きるということなのだということになる。しかし、われわれはうかうかとその「今」を見失ってしまっていることのいかに多いことか、ともいう。

第一〇八段で「寸陰惜しむ人なし」とした上で、「道人は、遠く日月を惜しむべからず。ただ今の一念、空しく過ぐる事を惜しむべし」というが、とり逃してはならないのはまさにこの

「ただ今の一念」であって、長く伸びた時間、日月などというものではない。なぜなら、「もし人来りて、我が命、あすは必ず失はるべしと告げ知らせたらんに、今日の暮るる間、何事をか頼み、何事をか営まん。我等が生ける今日の日、何ぞその時節に異ならん」ということであって、まさに、今日は今日でしかなく、今は今でしかない。どこをどう探してみても、今日、今のほかにはないのであって、問題はそれに真正面から向き合っているかどうかである。そして、明日がない、今の後がないということが身に沁みてわかるのは、自らの「ただ今の一念」において、死を逃れられぬ現実として自覚したときである。そうでないならば、人は自分がいかに「無益の事をなし、無益の事を言ひ、無益の事を思惟して時を移」してきたかということに気づかないで一生を送るのだといっている。それでは、光陰は何のために惜しむのかというならば、「内に思慮なく、外に世事なくして、止まん人は止み、修せん人は修せよとなり」とする。分別にこだわることもないし、俗事に振り回されることもない。そういうところで生きることができればけっこうなことだし、さらにその上、仏道を究めようとするならばそれもよい。ただ、確かにいえることは、生きる上で必要最小限のことをととのえるのはもちろん大切だとしても、閑暇における「無為」こそが何より求めるところなのである。それは、ほんとうはたんなる退屈などとは似ても似つかぬものである、と考えているのである。

第三八段で「名利に使はれて、閑かなる暇なく、一生を苦しむるこそ愚かなれ」として、財産や名誉を愛することの愚かさを強調した後で、「智恵出でては偽りあり。才能は煩悩の増長せるなり」、「まことの人は、智もなく、徳もなく、功もなく、名もなし」と老子や荘子のことばを挙げ価値の転換を図ろうとしている。それは「まことの人」が「賢愚得失の境」にはいないからであるという。兼好が自らを「まことの人」の高みにおいてはいないにしても、少なくとも「つれづれ」の「無為」を何らかのかたちでそこに結びつけて考えようとしていたことは確かだと思われる。

徒然草も終わり近く、第二四一段では「望月の円かなる事は、暫くも住せず、やがて欠けぬ。心止めぬ人は、一夜の中にさまで変る様も見えぬにやあらん。病の重るも、住する隙なくして、死期既に近し」とする。ここには、人ごとではない自らの死への危機意識がよく表れていると考えてよいが、それまでもそういうときがあったし、現にそれを強く感じているのがわかる。死がまだ先のことと思って「懈怠」の心のままに、肝心なことを先延ばしにしてこなかったか、と自らに問うている。何事かを成し遂げてから暇をつくり、閑かにそれに向かおうなどというのであれば、いつまでたってもその時は来ないだろう。そして、「如幻の生の中に、何事をかなさん。すべて所願皆妄想なり。所願心に来たらば、妄心迷乱すと知りて、一事もなすべからず」という。現実にあるように見えて、ほんとうは無いもの、それが「如幻の生」であり、欲しい欲しいと願っているものも気づいてみれば、結局は「妄想」「妄心」にすぎなかったのである。問題は、それにどれだけ早く気づくかということである。たいていは、それに気づかずに終わってしまう。あるいは、気づいているつもりでも、ついついそれを忘れている。これは自らへの戒めでもある。

「所願皆妄想」の戒めのあと兼好がたどり着いたのは、「直に万事を放下して道に向ふ時、障りなく、所作なくて、心身永く閑かなり」ということであった。兼好にとって「道に向かふ」とは、「つれづれ」に徹するということを措いてほかにはない。確かに、この文脈においては、道は仏道ということで何ら不自然さはない。例えば、第四九段「老い来りて、始めて道を行ぜんと待つことなかれ」、第五八段「心は縁にひかれて移るものなれば、閑かならでは道は行じ難し」、第一三四段「死の近き事をも知らず、行ふ道の至らざるをも知らず、身の上の非を知らねば、まして外の譏りを知らず」、第一七四段「人事多かる中に、道を楽しぶより気味深きはなし、これ実の大事なり。一度道を聞きて、これに志さん人、いづれのわざか廃れざらん」。これらは、仏道を前提とした議論であると見てまちがいはない。しかし、すでに検討したように第七五段「未だまことの道を知らずとも、縁を離れて身を閑かにし、事にあづからずして心を安くせんこそ、しばらく楽しぶともいひつべけれ」という表現のうちには、今日の生と明日の後世が断崖で隔てられていることを認めながら、ともかく「無為」を「楽しぶ」という観点が含まれており、これもその延長線上にあると考えてよいだろう。たとえ明日の生はなくとも、その明日のない今日における「心身永く閑かなり」なのであった、といわざるをえない。

「所願皆妄想なり」と説いたあと、最終段のみを控えて第二四二段では、「楽といふは好み愛する事なり。これを求むること止む時なし。楽欲する所、一つには名なり」「二つには色欲、三つには味ひなり」とする。つまり、ここでは、これまでにもさまざまに取り上げてきた人間の欲望をまとめて、名誉欲・性欲・食欲に絞り込んで戒める。過ぎ去った年月を閑かにふり返り、自らの経験を踏まえ、分析し判断する。それは、「つれづれ」ということのうちに成り立つ。それは確かに仏道への戒めにはちがいないが、同時に「つれづれ」を導くことと一体となっており、その「つれづれ」の「無為」なる境地そのものが、おそらく自分でもはっきりと認識できないほどに深く、今を生きる自らを支えていることに気づいた上でいっているものと思われる。

注

（1）大槻温子「和泉式部日記の「観心論命歌群」と「我不愛身命歌群」」（『言語表現研究』、二〇〇二）参照

（2）第一七〇段「さしたる事なくて人のがり行くはよからぬ事なり」と「そのこととなきに、人の来て、のどかに物語して帰りぬる、いとよし」。第一七五段「世には心得ぬ事の多きなり。ともある毎には、まづ酒を勧めて、強ひ飲ませたるを興とする事、如何なる故とも心得ず」と「かくうとましと思ふものなれど、おのづから捨て難き折もあるべし。月の夜、雪の朝、花のもとにても、心長閑に物語して、盃出だしたる、万の興を添ふるわざなり」。酒や人とのつきあいにおける相反的な側面をとらえて、その何れかだけに真実があるとは考えない。とくに、それぞれの後者において、第一七〇段「同じ心に向はまほしく思はん人の、つれづれにて」、第一七五段「つれづれなる日、思ひの外に友の入り来て、とり行ひたるも、心慰む」と、「つれづれ」における交友や酒の価値を認めている。

（3）荒木浩『徒然草への途』（勉誠出版、二〇一六）参照

（4）「一言芳談」行仙の話。「ただ仏道を願ふといふは、別にやうやうしき事なし。ひまある身となりて、道をさきとして余事に心をかけぬを第一とす」

（5）藤原正義『徒然草とその周辺』（風間書房、一九九一）「兼好は、世縁世事を離れた「ただひとり」の小世界において此の心身の安定、自由を期待する外なく「道（＝仏教）を楽しぶ」ことは、兼好にとって「実の大事」であったが、そこでの第一義が仏道への「勇猛精神」ではなく、「道を楽しぶより気味ふかきはなし」といっているように、個の心身の自足的な安定にあったということは、伝統の否定観（無常観）を立脚点として、それに強く制約されながら、潜在的にその制約からの自由が志向されていた」。久保田淳『徒然草』（岩波書店、一九九二）「兼好には面白い傾向が認められる。嫌いなもの否定すべきものを、頭から嫌いだからといって顔

を背けたり、無視したりはしないで、それらをまじまじと観察するという傾向である」

（6）佐藤弘夫『偽書の精神史』（講談社、二〇〇二）参照

（7）第四〇段に、因幡の国の某の入道とかいう者の娘が器量がよく多くの男から求婚されたのに、この娘が栗だけを食べて米の類を食べなかったので、「かかる異様の者、人に見ゆべきにあらず」として、娘をどの男とも結婚させなかったという話がある。兼好はこの娘と照らし合わせ、自らの孤独を実感しているのかもしれない。同じく「無為」から見えてきたものである。

第二章

徒然草と老荘

一　「賢愚得失の境」を出る

前章でみたように、静思静観の時間を持ち、それをつくづくと味わうためには、「つれづれ」の何たるかを知らなければならなかった。人がなかなかそこに至ることができないのはなぜかといえば、世事を離れることができず、「名利につかはれて、閑かなるいとまなく」、結果として「一生を苦しむる」ことになるからであり、「まぎるるかたなくひとりある」ことができないため、「身を閑かにし心を安くする」ことがなく、それでは「つれづれ」を「楽しぶ」

ということからほど遠い。兼好は、そのようなあり方を「愚か」であるとする。

第三八段では、「大きなる車、肥えたる馬、金玉の飾りも心あらん人は、うたて愚かなりとぞ見るべき。金は山に棄て、玉は淵に投ぐべし。利に惑ふはすぐれて愚かなる人なり」「位高く、やんごとなきをしも、すぐれた人とやはいふべき。愚かに、つたなき人も、家に生まれ時にあへば、高き位にのぼり、奢りを極むるもあり。いみじかりし賢人聖人、みづから賤しき位に居り、時にあはずしてやみぬる、また多し。偏へに高き官位を望むも次に愚かなり」「誉はまたそしりの本なり。身の後の名、残りてさらに益なし。これを願ふも、次に愚かなり」とある。ここでは、兼好はこの「愚か」さを超えて生きようとしたと思われる人たちのすがたを、寒山詩、文選、白氏文集などの漢籍のなかに探っている。実は、「名利」を求め、「位」を望み、「誉れ」を願っていたのは兼好のすがたでもあり、そのような自分自身の「愚か」さに気づかざるを得なかったからである。

しかし、そんな「愚か」さを批判するときに考えなければならないのは、「愚か」さの対概念である「賢」さをどう見るかということであった。「賢人・聖人」はもともと「智」あるゆえに智者として人を教え導き、社会的地位を得て人々から慕われることに何ら不都合を感じることがない。それどころか、そのように「賢」くあることは「名利」「位」「誉」を求めることと何ら矛盾しないのではないか。確かに、それ自体が悪いのではなく、それに執着するということが悪いのだといってみたところで説得力がない。そこで、「ただし、しひて智を求め、賢を願ふ人のために言はば、智恵出でては偽りあり。才能は煩悩の増長せるなり。伝えて聞き、学びて知るはまことの智にあらず、いかなるをか智といふべき」といい、もともと人が求め人を成長させ豊かにすると思われている「智」とはそもそも何であったのか、と問う。はたして「智」は正なのか偽なのか、善なのか悪なのか。少なくとも、ふつうに日常的な判断に立つかぎり、「智」は「名利」「位」「誉」につながっていかざるを得ない。そうだとすれば、その「智」そのものに対する認識を改め、新たな知見を示す必要があるのではないか。

このようにして、老子に続き荘子のことばが取りあげられることになる。「いかなるをか智といふべき。可・不可は一条なり。いかなるをか善といふ。まことの人は、智もなく、徳もなく、功もなく、名もなし。誰か知り誰か伝へん。これ、徳を隠し愚を守るにはあらず。本より賢愚得失の境に居らざればなり」。荘子にとって美醜、是非善悪の差別も相対的なものでしかない。相対差別という限定を離れたところに身を置くとき、あらゆる有限なもの、対立矛盾するすべては、そのまま肯定し包み込むことができる。「斉物論」には、「雖然方生方死。方死方生。方可方不可。方不可方可。因是因非。因非因是。是以聖人不由、而照之于天」、同「徳充符」に、「老聃曰、胡不直使彼以死生為一条、以可不可為一貫者、解其桎梏。其可也」とあり、可も不可も人間の相対的な考え方に止まっていて、結局「一条」つまり一つながりのものなのだといっている。よいことなのかよくないことなのかと「智」を問題にするかぎり「まことの智」にはたどり着けない。それどころか、「まことの人」にとっては、智もなく徳もなく、功もなく名もない。人が求めるような智も徳も、もともとそのようなものとしては存在しない。徳がないといってもそれを隠して愚をよそおっているわけではない。はじめから「賢愚得失の境」にはいないからである。それは賢愚・善悪・可不可を超える世界を生きていることを表しており、そのような立場からものごとを見ているのである。「迷ひの心をもちて名利の要を求むるに、かくのごとし」と、名利や誉れに捕らわれるのが愚かであるということに重点を置いたこの段のはじめの主張を総括するが、ここにきて論理の道筋は異なってきている。兼好はむしろ、そういうことも含めあらゆる捕らわれを脱したところ、ものごとへの差別的見方やこだわりを超えたところに築かれる「つれづれ」の「無為」を求める方向に行こうとする。それが、「万事は皆非なり。言ふに足らず。願ふに足らず」である。ここにいう「非」とは、人々が日常、あらゆる事柄において現実はこういうものであると思っているものは、実はそういうものとしての正体をもたず、ほんとうは実体のないものなのだということである。主観の分別知、主観によるそういう評価・判断が一種の迷いではないのかという疑念が提出される。したがって、このようにありたい、あのようにあってほしいと思っていることが、つまるところ、論じてみてもしかたのないことであり、願うに値することでもないというところにたどりつく。ある見方に捕らわれて強くこだわっている対象自体が、究極の観点からするならば、すべては賢愚・善悪・優劣といった差別、あるいは対立を超えるはずのものであり、その「無為」の立場から考えることが「迷ひの心」を新たな方向に切り開いていくのだといっているように思える(1)。

このような生き方の指針ともいうべきものを具体的に示したのが、それに続く第三九段である。「或人、法然上人に、「念仏の時、睡にをかされて、行を怠り侍る事、いかがして、この障りを止め侍らん」と申しければ「目の醒めたらんほど念仏し給へ」と答へられたりける、いと尊かりける」という。往生を願い念仏を唱えることにも意を用いたにちがいない兼好にとって、これと同じような迷いがなかったとはいえない。だからこそ、修行ということ、往生ということをどうとらえればよいのかということについて、凡夫の悩みに寄り添いながら明快な示唆を与えた法然のことばをひとしお尊いものと感じている。「或人」の立場からみれば、こうして法然から当意即妙に、問うとその場で答えを聞くことができることの意味は大きかったにちがいない。これこそが、法然その人に期待したものであっただろう。できないことを無理してしようとはせず自然ありのままで、自分ができることをすればそれでよいのだというそのことばは、まさに老荘の「無為」に通じるものであった。「往生は一定と思へば一定、不定と思へば不定なり」とも法然はいったというが、「往生」に絶対的な基準などというものがあって、このように念仏を唱え、修行をするならば往生し、そうでなければ往生しないということがあるわけではない。それはひとえに往生を思い、信じるということにおいてこそ実現するものであって、それ以外ではあり得ないのだとする。さらに「疑ひながらも念仏すれば、往生す」と、疑いながらも「往生」を信じるならばそれで十分だという。[2]「往生」は信・不信、疑・不疑をこえたところにあるというのは、まさに賢愚を超越したところで考える「無為」の立場そのものであったともいえる。いずれにせよ、そのような法然のものごとにこだわらない、きわめて柔軟で自然体の信仰とみたものが兼好には好ましく思われたはずである。

このように一見劣っていて救いにほど遠いかとも思えるありさまも、実はそれが人間の自然なすがたであるがゆえに優劣を超えているのだとする立場から、不自然と見られるものに、実は自然が隠されているのだということの例として、たとえば第四七段が挙げられよう。「或人、清水へ参りけるに、老いたる尼の、行き連れたりけるが、道すがら「くさめくさめ」と言ひもて行きければ」とあって、清水へ参る道連れの尼が繰り返す呪文のようなことばを不可解に思いうるさく尋ねたところ、その尼が腹立ちまぎれにいうのに、自分が乳母として育て比叡山で稚児となっている若者がひょっとして今にもくしゃみのために死にはしないかと心配でそのようにするのだ、と明かしたという。それを兼好は「有り難き志なりけんかし」としているる。そこには、粗っぽい態度や言動とは裏腹に、めったにないほどの愛情が表れているといい。そもそも、その尼の行動に合理性があるかないかというよりも、合理・不合理を超えて愛する者のことを思い、ひとえにその呪文のようなことばを唱えているすがたが人間の自然として理にかなっており、美しいと感じられたのである。

二　自然なあり方を求める

作為がない、わざとらしさがないのはもちろんのこと、無理のない自然な行動が結果としてものごとの調和の取れた状況を生み、ときに人を感動させるのだとすれば、それとは逆にその自然に反する行いは思いもよらぬ災いや、困った事態をもたらすことにもなる。まず、第五三段はそのような例だといえる。「あまりにも興あらんとする」一人の「仁和寺の法師」の作為は、「童の法師にならんとする名残」、つまり、これまで稚児として親しく付き合ってきた者の送別会、いわばお祝いの席でのたんなる余興としては、その域を越えて無理がある。自然な「まことの志」とはほど遠く、「まこと」の心の交流を重んじるという趣旨からすれば、その作為はあるべきところの限界をはみ出してしまっている。鼎かぶりの僧への満座の拍手喝采が一転して酒宴どころではなくなり、その興に乗りすぎた軽はずみな行動が、鼎をいかにして抜くかという難題への困惑に変わる。喜びの場を忽ちにして思いがけない悲しみの底に突き落とす。その後の医師のもとへの道行きや診察の様子、病状をめぐる周囲とのやり取りなどを描く兼好の筆は、状況が悲惨であるのにもかかわらず、かえって当事者の立場を忘れて面白がっているようにも見えてしまう。それというのも、もとはといえば本人がものごとの自然とは何かに思いが至らなかったからである。

逆に、たとえば、自然のあり方を熟知しているがゆえに、いかにものごとをうまく収めることができるかということを示すのが、第五一段である。そこでは、自然のほんとうのあり方を知ることは「道を知る」こととなって表れる。「亀山殿の御池に、大井川の水をまかせられんとて、大井の土民に仰せて、水車を作らせられけり」とあり、地域の住人に命じて川の水を御殿に引くための水車を造らせたが、金をかけ時間をかけても結果的にまったく回らず役に立たなかった。ところが、水車で名高い宇治の村人に作らせたところが、何の苦もなく組み立て、思うように回って水を汲み上げた。兼好は、「万にその道を知れる者は、やんごとなきものなり」と結んでいる。「道を知れる者」はたいしたものだ、と感心しているが、これはたんに経験や専門技術だけのことではない。ここにいう「道」は、ものごとの本質・要所を体得すること、その奥義・骨をつかむことといってよい。自然についてよく知り、時間をかけて身につけたものがある。ものごとを表面だけで判断したりことさら歪めてとらえたりするのではなく、素直にありのままに真実をつかんでいるがゆえに、そこには人を納得させ、感動させるものがある。荘子「達生篇」では、習熟のうちに達する自然の境地を説いたものがある。その無心の境地、無為自然の状態は、一挙にして得られるものではない。この場合、ある意味では人為の無数の積み重ねによってはじめて自然の境地に達することができることになるが、それに通ずる。

何事も素直で簡素であることが自然のあり方にかなっているというのが兼好の持説であるが、ものの名前についてもそれはいえる。第一一六段「寺院の号、さらぬ万の物にも、名を付くる事、昔の人は、少しも求めず、ただありのままに、やすく付けけるなり。この比は深く案じ、才覚をあらはさんとしたるやうに聞こゆる、いとむつかし」とする。「ただありのままに」というのがよく、考えすぎ才覚を見せびらかそうとするのはよくない。人の名前でも見慣れない文字をつけようとするのは、つまらない。何事につけても、珍しいことを求め、異説を好むのは、浅学の人が誤りやすい傾向だとしている。それは第一五四段の日野資朝の逸話にもいえる。激情的であくが強く、不敵な精神の持ち主であったとされる資朝が東寺の門に雨宿りしたとき、「異様なる」姿形をした者たちを見て「たぐひなき曲者なり。最も愛するに足れり」と思って興味を引かれたが、すぐにそこにおもしろみを感じなくなって、「ただすなほに、珍しからぬ物にはしかず」、いちずにありのままで、珍奇でないのが一番よいと思い直して、帰宅後には、それまで「異様に曲折あるを求めて」、鉢に植え楽しんでいた植木をすべて掘り捨ててしまった。兼好は「さもありぬべき事なり」とその行動に同感を示している。

さらに、第二三一段では、「さうなき庖丁者」料理の名人として知られた「園の別当入道」藤原基氏の言動に対する「北山の太政入道」西園寺実兼の批判について述べている。ある日みごとな鯉が出されたときに、皆が基氏の料理の腕まえを見たいと思いながらなかなかそれを言い出せずにいたところ、その本人が「この程、百日の鯉を切り侍るを、今日欠き侍るべきにあらず。枉げて申し請けん」、つまり、「百日間の包丁修行をしていますが、今日だけ欠かすわけにはいきません。ぜひこの鯉を頂戴しましょう」といって切ったという。人々はその態度をその場にふさわしく興あることと受け取った。ところが、それを聞いた実兼は、「かやうの事、己れはよにうるさく覚ゆるなり「切りぬべき人なくは、給べ。切らん」と言ひたらんは、なほよかりなん。何でふ百日の鯉を切らんぞ」といった。余計なことをいわずに、「料理できる人がいないのなら私が切りましょう」といったのならいっそうよかっただろう。「百日の鯉を切る」などと、つまらないこしらえごとをする必要はないといったというが、そのことばが面白かったと人が語ったのに、兼好も共鳴している。「大方、振る舞ひて興あるよりも、興なくてやすらかなるが、勝りたる事なり」。何事においても、わざとらしい趣向を凝らしておもしろくしようなどとするより、おもしろみがなくても素直で穏やかなのがよい。作為・不自然さは兼好の排するところであり、人に対する「まことの志」とはそういうものではない、とする。

人に対するふるまいは、何が自然で何が不自然かということについての自覚がなければならない。兼好の場合、それが有職故実においてきびしく問われることになる。第九四段では、「常磐井の相国」西園寺実氏が朝廷に出仕したときに、勅書を持った北面武士がたまたまそれに行き会い、相手が太政大臣であるので礼を失してはいけないと思って馬から下りていたことを、あとで実氏がその行動について「かほどの者、いかでか君に仕うまつり候ふべき」と上皇に報告したので、その北面武士は役を解かれてしまった。勅書を携えた者としての立場を弁えていないことをとがめたのだったが、正しくは「勅書を、馬の上ながら、捧げて見せ奉るべし、下るべからず」ということであった。たとえ相手に敬意を示す意図があったとしても、それはいわば有職における自然に反する。これは、兼好が有職に対する実氏の厳格さを尊いものだとしていることの表れである。

続く第九五段でも故実について語られる。確かに、兼好もまた、それが累代の伝統を持つがゆえにそれを重要なものであると考える。しかし、兼好の生きた時代においては、平安朝の昔はすでに遠く、たとえば有職に関して細かくいえば、左右・縦横どちらが正しくどちらが間違っていると、すべてが絶対的にはいえなくなっていた。人により、家によりさまざまに説の分かれることもあっただろう。ということは、どちらとも決しかねるがゆえにどちらともいい切れない、あえていえばどちらでも差し支えない、ということもあったにちがいない。専門家としては、どうしても譲れない点とどちらでもよい点とを弁えておかねばならない。ここでは「箱のくりかたに緒を付くる事、いづかたに付け侍るべきぞ」という兼好の疑問に対して、ある故実家は「軸に付け表紙に付くる事、両説なれば、いづれも難なし」といった。そういうことについても、その時点において何が事実であるのかということを知っておかなければ、逆に誤っていないことを誤りだと見なしてしまうことにもなる。それはあるべきことではなく、自然に反する。これもまた、自然・不自然という観点からは大切なことだと、兼好には思われただろう。

兼好が生きたのは、伝統が失われようとする時代だった。貴人であっても相手のあり方を批判的に見なければならないこともあった。第九九段では「堀川相国は、美男のたのしき人にて、その事となく過差をこのみ給ひけり」とあり、「堀川相国」つまり、太政大臣の地位にあった久我基具は、美男のうえ富裕であったとはいえ、何事につけても分不相応なことを好んだという。その基具が検非違使庁の文書を入れる唐櫃を見苦しいといって、息子の基俊に命じて改造しようとした。しかし、これは「上古より伝はりて、その始めを知らず、数百年を経たり。累代の公物、古弊をもちて規模とす」、大昔から伝わってその始めもわからず、そもそものような朝廷の器物は、古くて破損しているのをもって模範とするのであり、それは軽々しく改めるべきではないという、故実に通じている役人たちの意見によって、その話は沙汰止みになった。ここには、自らが生きる世の中において、自然であるとはどういうことか、時代がいかに変わろうと変えてよいものが何であり、変えるべきではないものが何であるか、それを兼好は考えようとしている。自然とは、他者の力を借りないで、それ自身の内にある働きによって、そうなることである。自然にとっての他者は、人為であり、人工である。人為を対立者として排除するところに無為自然が成立するのであった。それはそのまま、兼好が自らの生きている時代において、自然をどう見るかということにつながっている。

三　老荘受容と時代思潮

兼好が遁世者として、老荘の流れを汲む中国の隠者に親近感を持ち、そこに自由を求めていったことは、徒然草に彼らの隠逸生活を讃歎し、またその詩文を引用しそれを踏まえた文章を書き記していることによってもわかる。徒然草は、第一三段で「ひとり燈のもとに文をひろげて、見ぬ世の人を友とするぞ、こよなう慰むわざなる」として、「文は文選のあはれなる巻々、白氏文集、老子のことば、南華の篇」を挙げた。『枕草子』の「ふみは、文集、文選、論語、史記、五帝本紀、願文、申文」というその形式を踏襲しながらも、王朝時代の貴族の必読書としては外されている老子を敢えて選んでいる点において、兼好はそこに自らの独自の世界を開こうとしているといえる。第三八段で「まことの人は、智もなく、徳もなく、功もなく、名もなし」として、「賢愚得失の境」を超える真人の絶対境を示しながら、「万事は皆非なり。言ふに足らず願ふに足らず」としめくくるが、その漢文訓読で硬質の文体による強い断定は、高みから世の人々の愚かしさを否定するというよりは、同時代の世相とわが国の精神伝統を踏まえたうえで、名誉・利欲・智恵・徳などの究極的無価値性を自らに言い聞かせ、納得させようとしているようにも思われる。

これは言い方を変えれば、老荘思想に惹かれながらもその内実が十分に身に付いたものとはなっていない、あるいは観念的に希求はするが本質的な体得には届いていないという現実を、兼好が自己の卑俗性を対象化することによって自覚していたことを表しているのかもしれない。ほんらい中国伝来の隠者のあり方は、社会変革期に際して、旧体制下にあって然るべき社会的地位を得ていた者が、新しい体制になってその地位に止まることを潔しとしないで、その政治的才能を野に隠すことをいうが、たとえば、第一八段で「己れをつづまやかにし、奢りを退けて、財を持たず、世を貪らず」なかったとする中国の隠逸者、許由・孫晨も、強烈な政治的関心を逆説的な拒否の姿勢として貫いたのだとすれば、兼好はそのことよりも「いかばかり、心のうち涼しかりけん」と心情的な同感を示しているにすぎないともいえる。兼好の社会的関心と老荘がどうかかわるかを知るには、彼の生きた時代において老荘が思想的に取りあげられることの多かった領域について考えてみる必要がある。

兼好が生まれたのは弘安の役のあと間もない時期であって、それ以後一三世紀から一四世紀半ばにかけては混沌とした時代であった。当時の社会的・政治的状況を反映して、思想界でも新たな潮流として神道思想が広まり、種々の神道書が著されたが、中世神道の思想はそれのみで自己完結的な世界を形づくっていたのではなく、周辺領域からの影響が大きかったとされる。いずれにせよ、おそらく徒然草もそれらとのかかわりを想定しうるだろう。しかも、神道思想家たちの間では老子や荘子が盛んに読まれたといわれ、徒然草に見られるその多くの引用もそれと無関係ではないだろう。さらに、中世思想においては、仏教思想によっては説明不可能な日本の国の起源を解釈するために、老荘思想が用いられたということもある。

兼好の時代は鎌倉新仏教の浸透期にあたると同時に、神道の分野でもそれに呼応するかのように新しい動きが活発になった時期である。真言密教からも多くのことを吸収しながら「神道五部書」などの伊勢神道の説がまとめられたが、その中で『日本書紀』の天地開闢にも老荘思想が使われた。中世においては、神仏習合的な要素を強めながらも、神とは何であり、仏とは何であるのか、その相関が追究された面もあり、そこには双方を相対化する視点や方法も求められ、複雑な様相を呈していたといえる。(3) 場合によっては、神を語ることがすなわち仏を語ることにもなった。いずれにせよ、問題は統一的原理に向けて生あるいは死についての根源的体験をふまえ、その裏打ちをもつことができたかどうかである。

ところで、兼好の考える仏がいかなるものであったかを、彼自身そこに向かう姿勢を盛んに語っているようでいて、しかし肝心なところは明らかにしてはおらずわかりにくい。とはいえ、それを突き詰めていった先に何があるのかを、最終第二四三段に探ることもできる。八歳になった年に「仏は如何なるものにか候ふらん」と父に尋ねた。父が「仏には人の成りたるなり」と答え、さらに問い「人は何として仏には成り候ふやらん」、答え「仏の教へによりて成るなり」、問い「教へ候らひける仏をば、何が教へ候ひける」、答え「それもまた、先の仏の教によりて成り給ふなり」、問い「その教へ始めける第一の仏は、如何なる仏にか候ひける」、これに対して父は「空よりや降りけん、土よりや湧きけん」といって笑い、「問ひ詰められてえ答へずなり侍りつ」と諸人に話しておもしろがったという。それは、聡明な子を持った父の自慢話にはとどまらないし、兼好自身が自らの幼少よりの知性を誇っているだけの話ではない。根源的な問題でありながら、そうであるが故に、こういうかたちで語られる仏が、つまるところ曖昧なものになってしまわざるをえないということを示している。「始め」を求めそこに現在を意味付けることによって安心している世間の愚を笑っているようにもみえる。ありのままの時間に面面相対しようとすれば、無始無終の時間に無為無作で向い合わねばならない。結局その始まりを知らず、その終わりを知ることもできない。老荘との関連でいうならば、天地万象をあるがままに受け入れ、生死に恬淡として生きるしかない。それが荘子「大宗師篇」の真人の死生観であり、生を悦ぶことも知らず死を憎むことも知らない。悠然として去り、悠然として来るだけであった。兼好がそういう見方をしていたかどうかはともかく、改めて、仏とは何か神とは何かを考え直さなければならないところへ兼好を導いていくことになったであろう。

とはいえ、第一五段では「寺、社などに、忍びて籠りたるもをかし」、第一六段では「神楽こそ、なまめかしく、おもしろけれ」と宮中や伊勢神宮、賀茂社などで行われる宗教的な舞楽に、しだいに衰えつつある神事として関心を寄せている。また、第二三段では、「衰へたる末の世とはいへど、なほ九重の神さびたる有様こそ、世づかず、めでたきものなれ」、世の中はすべてが移り変わってしまったが、古代の姿を今も残している場所として宮中の様子を神々しいものとしてとらえている。この「衰へたる末の世」は、確かに仏教的な末法思想に基づいているがそれだけではなく、「末の世」という認識は広く神道的著作にも見られ、当時の神道思想において一般的に行われていた認識とも関係しており、このような中で中世神道論において老荘思想への関心が高まったとされる。兼好が老荘から深く学ぼうとするように見えるのも、一つはそういう当時の思想的状況を反映しているという見方もできる。

四　「物皆幻化」から見る

古い伝統を重んじるという観点から見て、兼好が因習にとらわれて道理に合わないことを言ったかというと必ずしもそうではなかった。むしろ、根拠の薄弱な迷信の類を否定している。第九一段に「赤舌日といふ事、陰陽道には沙汰なき事なり。昔の人これを忌まず。この比、何者の言ひ出でて、忌み始めけるにか」といい、当時世間で巡り合わせの悪い日だとされた「赤舌日」は天文・暦数・卜筮を研究する陰陽道では言わないことであり、昔の人はそれを避けることはしていない。むしろ、わざわざ吉日を選んでしていることの成就しない場合を数えてみれば、そういう意味では「赤舌日」も吉日も同等であろうという。ものごとの自然を知っている人から見ると、それは当然のことである。なぜなら「無常変易の境、ありと見るものも存せず、始めある事も終りなし。志は遂げず、望みは絶えず。人の心は不定なり、物皆幻化なり」、すべてのものが移り変わっていくこの世の中において、人が確かにあると思い込んでいるものは実は存在せず、その志や望みもこれで終わりということがない、それはどこまでと定まっていることでもない。何事もみな幻のごとく仮のすがたを取ってあらわれているのであって、正体がないのと同じである。この世でしばらくでも変化しないものがあるか考えてみるがいい、そんなものはどこにもない。「赤舌日」を忌むのは、人々がこの道理を知らないからだ。古書に「吉日に悪をなすに必ず凶なり。悪日に善を行ふに必ず吉なり」とあるが、それはもっともなことで理にかなっており、凶と見るも吉と見るもはじめから定まったものではない。「吉凶は人によりて、日によらず」、それを吉・凶と決めるのは人間であり、けっして吉日・悪日という日ではない、と兼好は断言している。(4) このような理に適った判断によるものごとの決着や行動の選択にこそ、兼好の考える自然を根本に据えた自由な生き方への道があった。(5)

徒然草には、この他にも忌みや穢れの問題が取りあげられている。第一四七段に「灸治あまた所に成りぬれば、神事に穢れありといふ事、近く人のいひ出せるなり。格式等にも見えずとぞ」といい、兼好が、近頃になって人々が言い始めたという「灸を据えた個所がたくさんになってしまうと、神事を行うのに穢れがあるから遠慮すべきだ」とするのはまちがっており、そういうきまりが「格式」などにあるわけではない。第二〇五段に「比叡山に、大師勧請の起請といふ事は、慈恵僧正書き始め給ひけるなり。起請文といふ事、法曹にはその沙汰なし。古の聖代、すべて起請文につきて行なはるる政はなきを、近代この事流布したるなり」。昔にはなかった起請文による政治が近年は世に広まっているとして、その関連から次のように述べる。「法令には、水火に穢れを立てず。入れ物には穢れあるべし」。第二〇六段では「徳大寺の故大臣殿、検非違使の別当の時、中門にて使庁の評定行はれける程に、官人章兼が牛放れて、庁の内へ入りて、大理の座の浜床の上に登りて、にれうちかみて臥したりけり」、徳大寺公孝と思われる人物が検非違使の長官を務めたとき、会議中に役人である中原章兼の牛車の牛が庁舎に入り込んで長官の席に登って座りこんだ。それはとんでもないことであり、凶事の前兆に違いないとしてその牛を陰陽師のところへ連れて行き占わせるのがよいと役人たちが大騒ぎをしたが、公孝の父で太政大臣であった実基はそれを聞き、「牛に分別なし。足あれば、いづくへか登らざらん。尫弱の官人、たまたま出仕の微牛を取らるべきやうなし」、牛に善悪のわきまえはない。足があるのだからどこへでも行く。薄給の役人から牛を没収する理由がないといって、牛を持ち主に返し、牛の寝ていた畳を取り替えたが、とくに凶事というようなことはなかった。ものごとをありのままに見ることをよしとした兼好は、「怪しみを見て怪しまざる時は、怪しみかへりて破る」という中国の諺を挙げている。それを怪事と見るのは人間の目であって、いかに怪事と見える場合においても、怪事を怪事と見なければ怪事そのものが成り立たない。続いて第二〇七段では「亀山殿建てられんとて、地を引かれけるに、大きなる蛇、数も知らず凝り集まりたる塚ありけり。「この所の神なり」と言ひて、事の由を申しければ、「いかがあるべき」と勅問ありける」とある。後嵯峨院が離宮を造営しようとしたとき、大きな蛇が数え切れないほどその内部に固まり集まっている塚があり、それはこの地の神であるという者があって、院からどうしたらよいかと尋ねられた。古くからこの地を領している蛇を掘り捨てるわけにはいかないと皆が言うのに対して、徳大寺実基が一人だけ反対した。「王土にをらん虫、皇居を建てられんに、何の祟りをかなすべき。鬼神はよこしまなし。咎むべからず。ただ皆掘り捨つべし」といい、塚を崩し蛇をすべて大井川に流してしまった。それで何の祟りもなかったという。

これらに共通しているのは、もともと禁忌の意義をもたなかったことがらが忌みや穢れと見なされ広まるようになったことへの疑念、あるいはそのような時代風潮に対する不信感といってよい。忌みや穢れの観念もしくは認識が場合によっては相対的なものでしかないことを兼好はとらえていたのであり、そのもとになっているのが「物皆幻化」という見方である。そこから、怪異や神霊の祟りといった迷妄を断固として否定する態度への共感も生まれる。兼好は老子の「大道廃れて仁義有り、智恵出でて大偽あり」を引いているが、人間の智恵がことさらにそういう忌みや穢れを作り出すのであり、もともとの無為・自然が時代とともに降下して、そこに大きな誤りが生じてしまうと見る。兼好が、「昔の人」に「浅才」を超えたほんとうの深い教養・知識の存していたとして懐かしんでいることは、たとえば第二二段「何事も、古き世のみぞ慕はしき。今様は無下にいやしくこそなりゆくめれ」、第七八段「今様の事どもの珍しきを、言い広めもてなすこそ、またうけられね」などにも表れているが、そのように伝統を重んじるのも、兼好が自分の生きた時代のありようをさまざまな側面から見ようとするところからきている。[6]

第一二七段に「改めて益なき事は、改めぬをよしとするなり」というが、これは第九八段の「尊きひじりのいひ置きける事」として箇条書きで書き留めた「一言芳談」の一節「しやせまし、せずやあらましと思ふ事は、おほやうは、せぬはよきなり」が参照される。これらは、人間の実行における心の迷いについて、いずれも「せぬ」がよいとしているが、前者では無益な改革・改変を問題にして現状のままでよいといっているのであって、改めること自体を否定しているのではない。そこでは、ものごとにおいて何が自然かを考えようとしている。

第一二九段では、大人が冗談のつもりで言っていることが、幼い者の心には身に沁みて恐ろしく、その心を傷つけることがあり、そういうことをしておもしろがるのは慈悲の心、自然に反するという。そして、「おとなしき人の、喜び、怒り、哀しび、楽しぶも、皆虚妄なれども、誰か実有の相に著せざる」とする。大人の喜怒哀楽の感情も、言ってみれば皆心の迷いによって生じる一時的な現象であり、実はほんとうは「実在しないのにあるように見えるだけのもの」に執着しているのだということに気づいていない。その立場からみれば、人は自らが喜怒哀楽の感情に執着しているくせに、幼い子供が恐れるに足りないものを恐れるといっておもしろがるのは筋違いというべきであろう。

第二一一段「万の事は頼むべからず。愚かなる人は、深く物を頼む故に、恨み怒る事あり。勢ありとて頼むべからず。こはき者先づ滅ぶ」。恨みや怒りといったこともすべてはほんらい頼りとすべきではないものを頼るから起こることであって、愚かな者は現象としての勢いに目を眩まされてしまうが、実は恨みや怒りの対象にほんらい実体がない。「こはき者先づ滅ぶ」は、老子のことば「人の生や柔弱にして、その死や堅強なり。草木の生や柔脆にして、その死や枯槁なり。故に堅強なるは死の徒、柔弱なるは生の徒なり」を受けている。そして、そこからの解釈として次のように言う。「身をも人をも頼まざれば、是なる時は喜び、非なるときは恨みず。左右広ければ障らず。前後遠ければ塞がらず。狭き時は拉げ砕く。心を用ゐる事少しきにして厳しき時は、物に逆ひ争ひて破る。緩くして柔らかなる時は一毛も損せず」。ほんらい頼りとすべきものとは何であるのかを突きつめていくことによって、広々とした世界が広がり、妨げるものがなく、行き詰まることもない。喜びがあっても恨むということがない。そのようであることができるのは、「物皆幻化」ということがわかっているからである。このとき兼好には、精神の自由は、一切を捨ててそのような人間存在の根元に立ちもどること、そして珍しいものや見せかけのものを求めるのをやめることによって生まれる、と思えてきたにちがいない。

注

（1）唐木順三『中世の文学』（筑摩書房、一九六五）「便宜と執着の迷いを放下するところに実相は実相として露わになる。第三八段にいう「可・不可は一条なり」の直観は、自己放下の「まことの人」においてのみ可能である」同『無常』（筑摩書房、一九六五）「とにかく主観の分別知が、また主観による評価、判断が、一種の「迷ひ」ではないかという疑いが提出されている。「賢愚得失の境」を超脱した人、主観による客観の測定、評価を超えたところにいる大愚の大智がここで理想とされている。そしてこの理想、「まことの人」が、老荘の影響下のものであることは既に諸家の定説である」

（2）藤原正義『徒然草とその周辺』前掲「「疑ひながらも念仏すれば往生す」については、それが法然その人の言葉であり思想であるかどうかの問題は、なお論議の余地が残されている。「往生は一定と思へば一定」については、それと近似の文辞が「和語灯録」「法然上人絵伝」に見える」

（3）小峯和明「徒然草にみる神道」（『国文学』一九九七、一一月号）「多く共通するのは、それまでさして禁忌の意義をもたなかったことがらが忌みや穢れをおびるようになったことへの批判、不審の表明である。忌みや穢れの観念もしくは認識としてきわめて相対的なものでしかないことを、兼好は鋭く言い当てている」

（4）第一八九段「不定と心得ぬるのみ実にて違はず」といい、不定であると決めることによって、そこに居直っているようにも見える。

（5）第五〇段にも、鬼の出現の噂について、「まさしく見たりといふ人もなく、虚言といふ人もなし。上下、ただ鬼の事のみ言ひ止まず」と冷静に眺める。

（6）小川剛生『兼好法師』前掲「鎌倉後期は、太平記史観に染められた後世の人間には思いも寄らないが、相応に豊かで成熟した社会であり、公・武・僧各層の交渉は極めて濃密で、人々の行動範囲も拡大し、ある部分では社会の一体化も進んでいた。この時、京都に息づく文化モデル、あるいは朝廷の継承した制度・慣習は、秩序を安定させる基軸であり、「遁世者」はこれを携えて自由に往来した。徒然草の章段はそうした営みの産物であった。これを単なる「尚古思想」の現れとするのは、作品の真価を見誤ることになる」

第三章　徒然草の時代

一　「無」の契機

兼好は、鎌倉時代後半から元弘の変を経て南北朝動乱の時代を生きた。これまで、兼好は、神祇官人で卜部氏の流れをくむ吉田家の生まれであるといわれてきた。尊卑分脈の系図の記載によって、吉田家傍流の兼顕の子で、後二条天皇の六位蔵人となり、さらに五位の左兵衛佐に昇ったとされ、それが通説になってきた。しかし、実際のところ兼好の家系も生国も、はっきりしているわけではない。『正徹物語』に、「兼好は俗にての名なり。久我か徳大寺かの諸大夫にてありしなり。官が滝口にてありければ、内裏の宿直に参りて、常に玉体を拝し奉りけり」という証言もある。

いずれにせよ、兼好が何らかのかたちで内裏に出入りし、公家社会の教養を身につけたことは確かである。また、兼好が出家したのは正和二年（一三一三）以前である。この年の九月、兼好は「六条三位」、山城国小野荘の田の一町を九十貫文で購入し、その売券に「兼好御坊」と明記されているからである。その動機は分からない。

一三三一年、後醍醐天皇は鎌倉幕府打倒を試みるが失敗、隠岐に流されたが、反幕府の気運が高まり、足利尊氏、新田義貞らの挙兵によって北条氏が敗れ鎌倉幕府は滅亡した。徒然草の成立年代を示す外部徴証はない。元徳二年（一三三〇）前後、兼好四〇歳代の終わり頃に書き始められ、激しい時代の動きの中で執筆されたものと思われ、一年以内というような短い期間に完成したものではないだろう。(1) 数段階に渡る執筆と整理、そして編集があったことはまちがいない。それまでにある程度はまとまっていたものを、その後さらに修正や校正を重ねてかなりの時間をかけてできあがっていったのではないかと考えられる。このあと、後醍醐新政への不満が地方武士の反乱として噴出し、反旗を翻した足利尊氏が持明院統の光明天皇を擁立し、建武三年（一三三六）建武式目の制定をもって新たに幕府を樹立する。不穏な空気が漂い、世の中が刻々と変転するなかで徒然草は書き続けられたと思われるが、一方でこの頃、兼好は源氏物語や古今和歌集の書写や校合にも従事していたとされる。楠正成が討たれ、新田義貞が京都を退くという混乱の時、兼好は「和歌四天王」といわれるような二条派歌人としての責任を与えられ、歌道にも精進していたことになる。[2] このような変動のなかであるからこそ、見えるものがあったはずであり、何がよくて何がそうでないか目を凝らす必要があった。兼好五二歳の時に成立したとされる二条河原落書に、「この頃都にはやるもの、夜討・強盗・謀綸旨・召人・早馬・虚騒動・生首・還俗・自由出家」とあり、こういう自由狼藉世界をどのように見、どのように処したか、兼好が内乱の時代をどう過ごしたか、わからないことが多い。しかし、彼もまたその動乱に巻き込まれ、危急の事態に陥ったことがあったかもしれない。[3] 虚飾を捨てようとして捨てたというよりも、さしあたってその時その時を生きることに重きをおくならば、そのような状況のなかで自ずと実を取らねばならないこともあっただろう。

第一二二段に「金はすぐれたれども、鉄の益多きにしかざるが如し」というが、未曾有の変革に遭遇しつつあった社会が孕んでいる危機に当面して、それをいかに切り抜け、いかに自らの生きる道を切り開くかという問いに対する一つの答えがそこにはある。合理的実益的なものを追求していくというのは、当時の文化に一般的にいえることかもしれないが、兼好は、それをまた違ったかたちで体現しているということにもなる。「詩歌巧みに、糸竹に妙なるは、幽玄の道、これを重くすといへども、今の世には、これをもちて世を治むる事、漸くおろかなるに似たり」と先ず断っている。そこには、宮廷を中心とする貴族社会の価値観をひとつの基準として生きてきた兼好が、避けがたい変化の影響をさまざまな面で感じ取らざるをえず、そのなかで生じた精神の飛躍が読みとれる。それは公家政治への批評ともなっている。時代認識として、時の移り変わりとともに刻々と変化し、滅びゆくものがあることを切実に受けとめるのであるが、しかし一方で、伝統がふるいにかけ磨きに磨き上げてきたものの「美」を蔑ろにすることはできないとみており、また「美」を装ってはいてもそれに似て且つ非なるものには痛烈に反抗の態度を示した。そこには独自の美意識がある。それは、滅びゆくとはどういうことかということ、そして、そこに生じる「無」のありかをしっかりと見定めるということを前提として成り立つ。逆に言えば、作為を働かさないところで働く「無」ということがあり、「無為」であるがゆえに豊かに生み出されてくるということがある。それに兼好は気づいている。

荒涼寂寞へとすさみゆき、王朝文化が衰亡に瀕している時代、精神の危機的状況を前提として、あえてそこで究極の理想を想定し、究極であるが故にもはやなにものでもありえないという性格に相当の地位を与え、そのことによって局面の打開を図る。末法の世はすでに到来してしまったものとして早くからそこにあり、人々は堕ちるだけ堕ちた底辺を生きている。無常を詠嘆するところからさらに進んで、無常とはもはや自明のものとして受けとめられねばならないことであり、生きるための方策として無常を一刻一刻の日常に生かし、改めて動き出さなければならない。兼好はそういうことを十分に受けとめつつ、その時代のもつ深淵の無を見つめながら、そこに新しい世界を開こうとしている[4]。

第四九段「人はただ無常の身に迫りぬる事を、心にひしとかけて、束の間も忘るまじきなり」。日常生活において、真っ先にしなければならないことを後まわしにし、後にすべきことを急いでいないかどうか、いますべきことは何かと考えることを、ほんのわずかの時であっても忘れてはならないという。そして、大切なのは無常への心がけが日常化していることであり、あまりにこの世がはかないということを思って静かに腰を据えることさえなく、いつもしゃがんでいたとされる聖、心戒の例を挙げる。第五九段「命は人を待つものかは。無常の来る事は、水火の攻むるよりも速かに、逃れ難きものを」とある。ほんらい命にかかわる緊急事態において、人は恥も外聞も、損も得もなく必死に動こうとする。その危機たる無常とは、けっして遠くにあることではなく、いままさにこの時において自分の足元にあり、それは避けることなどできないのだということの自覚が、ここでは問われる。

第七四段では「期する所、ただ老と死とにあり。その来る事速かにして、念々の間にとどまらず、是を待つあひだ、何のたのしびかあらん」として、利那利那に迫り来る無常を正面から受けとめることもせず、名利に溺れたりただ悲しんだりしていては、そこにほんとうの「たのしび」など生まれはしないという。それは、人が「常住ならんことを思ひて」、「変化の理」を知らないからである。存在するものは必ず滅びる運命を負っている。造られたものは必ず壊れる、それが定めである。人が生きている世の中とはそのままでいつまでも続いていくものではなく、そこに生きている人間そのものが一刻一刻、無常の現実においてたえず変化しつつあるということ、その変化を正しく見極め、いまこの時を十分に生きることにつなげていけるかどうかということが肝心の所だということである。

それはさらに、兼好自身の日々の生活に対する自省ともなり、自らのあり方にも鋭く迫っていく。たとえば、弓を射ることを習う上での戒め、第九二段「道を学する人、夕には朝あらんことを思ひ、朝には夕あらんことを思ひて、重ねてねんごろに修せんことを期す。況んや一刹那のうちにおいて、懈怠の心ある事を知らんや」。二本の矢のうち一本を疎かにする怠け心は、まだ後があると考えてしまうところから来る。そういう潜在意識下の心理が自分にもないかどうか。「なんぞただ今の一念において、直ちにする事の甚だ難き」と自らに問いかける。それは「ただ今の一念」をどう生かすかという問いである。第一〇八段「ただ今の一念むなしく過ぐる事を惜しむべし。もし人来りて、我が命、あすは必ず失はるべしと告げしらせたらんに、けふの暮るるあひだ、何事をかたのみ何事をか営まん」というように、命にかかわる事態が差し迫っていると思えばこそ、その「ただ今の一念」が切実に貴重なものと感じられるのである。そのことを絶えず踏まえた上での日常となっているかどうか、それこそが根本的なことだというのである。(5)

ふり返ってみて、いかに「人間の儀式」「世俗のもだしがたき」「雑事の小節」に振り回されて日を送っていることか。いかにそれが避けられないことであるとはいえ、人が生きる上で何がほんとうに大事なことであるかを突き詰めていったとき、ただ空しさが残るばかりである。第一一二段「日暮れ塗遠し。吾が生既に蹉跎たり。諸縁放下すべき時なり。信をも守らじ。礼儀をも思はじ。此の心をえざらん人は、物狂ともいへ、うつつなし、情けなしとも思へ。毀るとも苦しまじ。誉むとも聞き入れじ」。それを自覚するに至っては、さまざまなかかわりを根底から見直さねばならない。捨てるべきものは捨てなければならない。そのとき、信義も礼儀も気にしないし、世間が何といって批判しようと構わない。謗られようが誉められようがそんなことは一切問題ではないという。この兼好自身の感情をむき出しにしたようなものの言いは、ただひたすら自らの道を歩むしかないという意気込みが感じられ、きわめて強烈な印象を残す。兼好は、そういうことを切実に感じたときがあったはずである。

兼好は、第二一一段で「よろづの事は頼むべからず。愚かなる人は深く物を頼む故に、恨み怒る事あり」と、人間生活においてあらゆるものに徹底的な不信を投げかけ、そのなかで身を処する生き方を提唱する。何ごとにも頼ることがないのなら束縛というものがなく自由であり、何によっても妨げられるということもない。ゆったりとして柔和であるゆえに、損なうということがない。「人は天地の霊なり。天地は限る所なし。人の性なんぞ異ならん。寛大にして窮まらざる時は、喜怒これに障らずして、物のために煩はず」といい、人間はきわめて霊妙であり天地は広大無辺であり、それは天地自然と人性との共通点であるという基本的な命題を前提として、煩いのない生活が得られるのだとする。こうして、すべてを否定するというような「無」を契機としてそこに生きることへの積極的な意味が生まれることになる。

二　頼まざる処世

兼好が、第二一一段で「よろづの事は頼むべからず」として具体的に挙げたのは、「勢」・「財」「才」「徳」「君の寵」「奴」「人の志」「約」であった。これらがいずれも頼むに足りないものばかりであるというのはよくわかる。時の経過とともに必ず、期待したものとは違った事態を生じさせてしまうからである。したがって、それらのもっている根本的な性質を知っている必要がある。とくに兼好が生きた内乱の時代においては、何を信じ何を信じないかが徹底的に問われなければならなかった。逆にいえば、兼好もそうせざるを得ないところにまで追い詰められていたといってよいかもしれない。ものごとがいかに頼りにならないか、それを自己のものとしてもつことができないかを覚り、そこから何を取り何を捨てるかを明らかにすることにおいて、生まれてくるものがあるはずである。少なくとも、そうすることでものの見え方が変わるであろうし、身の処し方が変わるであろう。それは、ある意味で絶望的な状態においても、そこに何らかの救いを期待することができるかもしれない。何ものも、頼りになるものとしては持たないということを突き詰めると、もはや何ものも自己のものとしては持てないという事実を前提として対応することになる。絶望感をもちながらも、いわばどうでもいいようなことにも細心の注意を払って、生き生きとした対応をすることもできるだろう。それは持とうとしても持てないのが現実であるということへの根本的な気づきなのであり、それは「明らめる」ことであると同時に「諦める」ということでもある。

さらにそのことから引き出せるのは、兼好がその時代その社会において自己が何であり得るのか、何であることが許されるのかということについてどう考えていたかである。高い地位など求めて得られるものではなかったし、かえってその身に応じて出世を喜んでいる者たちの底の浅さが目に付く。威勢のいい法師というのも、出家のあるべき姿ではないと考えると馬鹿げた存在としか思えない。こうありたい、あってほしいと思うものはいろいろあるが、何ごともその理想とはほど遠いのが現実である。むしろその理想とは何であるのかを考え直すべきところから始めなければならない。古典として書き残されているものや人とのつきあいで学んだことが参考になることもあるが、これまで歩んできた道のりを踏まえ、いまを生きるためにそこから何を汲み取り、それをどう生かしていけばよいのかと考えていると、思いが尽きることはない。

兼好は、確かに京に生きる人々の感覚を重くみた人間であるが、一方でその社会の現実を突き放してみることもできた人である。たとえば、鎌倉という土地とどうつながり、その文化の特徴をどう見たかについて考えてみなければならない。徒然草に記録された東国関係の話を通じて、兼好が自分の立場を豊かに語っているのを認めることができる。時代の変化を含め、それらのさまざまな時代状況をたんによいか悪いかではなく、そのよって来たる根本のところから明らかにしようとしている。第一六五段では「あづま人の、都の人に交り、都の人のあづまに行きて身を立て、また本寺本山を離れぬる顕密の僧、すべて我が俗にあらずして、人にまじはれる、見苦し」という。人が立身出世を狙ってもともとあるべき場所を捨て、東国へ都へと動いている。また、その人のほんらいの習俗を担うべき本寺・本山に従わず、そのときの都合で世の人々に交じって暮らしているのは見るに堪えないという。

徒然草では、そのような批判の対象として「聖法師」が話題となる。第七六段では「世の覚え花やかなるあたりに、嘆きも、喜びもありて、人多く行きとぶらふ中に聖法師のまじりて、いひ入れ佇みたるこそ、さらずともと見ゆれ。さるべき故ありとも、法師は人に疎くてありなん」。俗人でないはずの法師が、俗世に媚びるような行動を取ることの違和感をいい、まがりなりにも僧の端くれである以上、自らの立場を弁えて行動すべきではないかという。さらに、第七七段では「片辺りなる聖法師などぞ、世の人の上は、わがごとく尋ね聞き、いかでかばかりは知りけんと覚ゆるまでぞ言ひちらすめる」、片田舎の修行僧が世間の人の身の上に関することを、自分のことのようにどうしてこんなによく知っているのかと思うほどにしゃべり散らすのを見ると、これはどういうことなのかと納得できない思いがするという。聖法師たちは、弁舌巧みに世の中を駆け回っていろいろと情報を聞き込んでくる。また、家族を亡くした人たちの法要の席などに出入りすることによって、供養を名目に大衆から金を集めるネットワークをつくり、場合によってはそれで仏像を刻むというようなことがあったかもしれない。そのなかに慈悲の精神に燃える人たちがいたとしても、一方で墨染めの衣をまとってはいるがそれは世を過ごす仮の姿で、仏の道を説く資格に欠けるような偽聖も含まれていただろう。

また、第八〇段では「人毎に、我が身に疎き事のみぞ好める。法師は兵の道を立て、夷は弓を引くすべを知らず、仏法知りたる気色し、連歌し、管弦をたしなみあへり。されど、おろかなる己が道よりは、なほ人に思ひ侮られぬべし」。出家の身であっても武術を表立って堂々と稽古し、逆に荒武者が弓の作法を知らない代わりに仏法に通じているような顔をして、連歌、管弦に励んでいる。さらに、公家たちまでが武士に迎合して弓のことでいっぱしの口を利くといった風潮をどう見るか。それは、自らが何ものであるかを弁えていないがゆえに、人から侮られるであろうともいう。少なくとも、兼好にはこういったことにおいて、自然なすがたとは何だろうという思いがある。

兼好は、「衰へたる末の世とはいへど」と断りながら、王朝文化を懐かしみ武辺者の粗野なことをいうが、必ずしも武家に反感を抱いていたわけではない。第一四一段で「悲田院の尭蓮上人は、俗姓は三浦のなにがしとかや、さうなき武者なり」と、いまは都で一寺の住持となっているがもともと並ぶ者のない武士であった上人のことを取りあげる。出身地東国の人たちとの談話の中で、都の人は口当たりはいいが誠実さがないという同郷者の非難に対して述べた筋の通った話しぶりに、兼好は感じ入り、「この聖、声うちゆがみ、あらあらしくて、聖教のこまやかなる理、いとわきまへずもや」というそれまで抱いていた自らの人物観をひっくり返されてしまう。つまり、それまで頼りとしてきた判断がいかに偏見に惑わされており、あてにならぬものであったかを痛感した。上人は、自らの経験に基づいて、東国と都の人々の生活の実態をきちんと観察した上で、それらの評価の根本的な原因を説明してみせた。それを聞いた兼好は、上人の人柄を「心にくく」感じ、ものごとを皮相的に見ることを、自らに戒めたのである。それは、ものごとの判断において何を頼るべきか頼るべきでないかという問題でもある。

さらに、第一四二段では「心無しと見ゆる者も、よき一言はいふものなり」として、人情などをもっているようには見えない東国の荒々しい田舎武士がふと洩らした「子故にこそ、よろづのあはれは思ひ知らるれ」ということばに、兼好はなるほどと納得させられる。世の中に親や妻子への愛情ゆえにやむをえず罪を犯してしまう人がいたとしても、世捨人のような係累のない自分のような身が、それをむやみに軽蔑し責めるのはまちがっているという。これは一物も持たぬはずの世捨人とは何であるのか、何でありうるのかという問いにもなっているが、話の流れとしては、「いかがして人を恵むべきとならば、上の奢り費す所をやめ、民を撫で、農を勧めば、下に利あらん事疑ひあるべからず。衣食尋常なる上に僻事せん人をぞまことの盗人とはいふべき」と、政治家がいかにあるべきかという議論に及んでいる。第二段においても「いにしへの聖の御代の政をも忘れ、民の愁へ、国のそこなはるるをも知らず、よろづに清らを尽くしていみじと思ひ、所狭きさましたる人こそ、うたて思ふところなく見ゆれ」と、政治が人民の嘆きや国の損失の原因となっていることも気づかず奢侈に耽る者を批判し、簡素であれとする自己抑制の姿勢を要求している。これは政策論というよりは人間としての心構えを重視したひとつの態度であって、いかにも中世的特質がそこにはある。第一七一段で「目の前なる人の愁をやめ、恵を施し、道を正しくせば、その化遠く流れん」。目の前の人を救い正しく政治を行うならば、それは自ずと広く人々を感化するという。そのことの根本にあったのは、「よろづの事、外に向きて求むべからず。ただここもとを正しくすべし」。何ごとにおいてもいま・ここの自らをどう見るかが肝心なのであって、それ以外のものを頼って判断するのはよくないということなのであった。

三　東国からの視線

いま・ここの自らをどうみるかということを突き詰めていくと、自身を取り巻く環境がいかなるものであるかを考慮に入れる必要がある。伝統を重んじるはずの宮廷にしても、実質的に政治的権力をもつ武家にしても、世の中はどういう方向に行こうとしているのか、それを自分の目を通して見なければならない。ときにそれは、よきにつけ悪しきにつけ時代を先取りするような視点を持った人たちへの関心となって表れる。第一五三段にみられる日野資朝の姿をどう受けとめればよいのか。定家の曾孫で歌人としても知られ、朝幕間に政敵の多かった京極為兼が北条方に召し捕られ、武士たちに役所へ連れて行かれる様子を見ていた資朝が、「あな羨まし。世にあらん思ひ出、かくこそあらまほしけれ」といったという。後醍醐天皇の信任厚く、後に北条氏征伐の企画に加わって捕らえられ斬られた資朝が、このときは謀反の意志そのものではなく、為兼の危険を知りつつ信ずるところを断行するその強い精神に共感を示したものと考えられる。これをとらえる兼好の目は、この話前後の章段も合わせて考えると、自らの中で蠢く何ものかを抑えきれずそれを思わず知らず口にし、行動に移してしまう不敵な資朝の様子にその時代を読み取り、それに共感したことが窺える。第八〇段で「上達部・殿上人、かみさままでおしなべて、武を好む」ことを批判し、それを「人倫に遠く、禽獣に近きふるまひ、その家にあらずは、好みて益なきことなり」とした兼好であったが、その裡には、武辺だてや権謀術数に対する関心があったことも確かである。

たとえ自分では気がついていない場合においても、いま・ここの判断がよくも悪くもそれまで積み上げてきたものの上に成り立っているということは見落としてはならないことであって、それは自分自身にもいえるし、世の中のさまざまな場面についてもいえる。兼好にとって、そのときまで知らなかったことでも、気づいてみればそれがいかに理にかなったことであるか、いかに事実として納得できることであるかを思い知らされるということがあったにちがいない。たとえば、第一七七段では、まず「鎌倉の中書王」、かつて北条時頼に迎えられて鎌倉に下り征夷大将軍の地位にあった宗尊親王の屋敷で蹴鞠の会があったとき、雨でぬかるんだ庭を「佐々木の隠岐の入道」がそういうときのために溜め込んでいたおがくずを敷いて事なきを得たという六、七十年前のことが語られる。その佐々木の用意周到さを、都で皆が感心していたところ、「吉田中納言」の「乾き砂子の用意やはなかりける」ということばを聞いて、一同はそれを思いつかなかったことに恥ずかしさを感じたという。「いみじと思ひける鋸の屑、賤しくことやうの事なり。庭の儀を奉行する人、乾き砂子をまうくるは、故実なりとぞ」と結ぶ。京にいた兼好でさえ知らなかったのだから、遠く東国の地でこの故実に思い至らなかったのはしかたがないとしても、そこに兼好にとってのほんらいあるべき教養を窺い知るとともに、合理的でもあり自然なものの見方に気づくことになる。

空間的にも時間的にも隔たってしまった過去の出来事で、しかもその東国武士のありようが、兼好の生きた時代状況に対して批判的視点を与えるものとして、好意的にとらえられることも多い。第二一五段では、かつて執権連署の地位にあった「平宣時朝臣」北条宣時が年を取ってから、昔のこととして「最明寺の入道」北条時頼の様子を語ったことが書かれている。ある夜時頼に呼ばれた宣時が、すぐにといいながら身なりを整えるのに手間取っていたところ、とにかく早く来いということで普段着のまま参上する。時頼は素焼きの杯と銚子を持ってきて、一人で酒を飲むのがもの足りなくて呼んだのだが、家の者たちは寝静まっているだろうから面倒だが酒の肴を探してほしいという。宣時は台所を探し回って小さな素焼きの器に入っていた少しの味噌を見つけ、それを肴に二人で杯を重ね愉快な時を過ごしたということであった。時頼の質素倹約の精神を伝えるものであり、兼好としては、無為なるあり方とも関連して、鎌倉末期の乱脈な時代、幕府要人たちの放縦を戒める気持ちがあっただろう。(6)

さらに、第二一六段では、同じく「最明寺入道」時頼が鶴岡八幡宮に参詣したときに縁戚関係にあった「足利左馬入道」足利義氏のもとへ事前に知らせた上で訪問したときのご馳走は、「一献に打鮑、二献に蝦、三献に掻餅」で終わりであった。また、足利側の贈答も、領地の名産を、「色々の染物三十、前にて女房どもに、小袖に調ぜさせて、後に遣はされけり」とあり、この時の出来事を兼好は昔の話として聞いたとしている。これも、天下の執権の晴れの饗応としては質素ということばがふさわしく、この昔語りを取りあげる兼好の意図がみえる。ただ、「その時見たる人の、近くまで侍りしが語りしなり」を信じると、義氏は兼好が生まれる三十年ほども前に死んでおり、ずいぶん古い記憶を高齢の人から聞かされたことになる。こういった話は、兼好が下向した際に聞いたものと考えられ、その鎌倉での経験がその視野を広げたことも多かったに違いない。

また、第一八四段では、若くして鎌倉幕府執権となった北条時頼の母、「松下禅尼」の言動が記される。息子の時頼を部屋に迎え入れる準備として、「煤けたる明障子の破ればかりを、禅尼手づからして小刀して切りまはしつつ張」っていたのを見た兄の「城介義景」が、そのような細工仕事は然るべき家来にやらせるのがよいと申し出たにもかかわらず、禅尼はその作業やめようとしなかった。重ねて、障子を全部張り替えるほうが簡単だし、一齣ずつ張るのは見た目もよくないのではないかといったのに対し、禅尼は「尼も後は、さはさはと張り替へんと思へども、今日ばかりは、わざとかくてあるべきなり。物は破れたる所ばかりを修理して用ゐる事ぞと、若き人に見習はせて、心つけんためなり」という。そこには若い執権に対して修理して使うことの大切さ、倹約の精神を教えるという意図が含まれていたのであり、兼好はこれを「いとありがたかりけり」、つまりめずらしく、感心な態度であったとしている。さらに禅尼を、女性ではあるが聖人の心に通じ、天下の執権を子供に持つような人であり「ただ人にはあらざりけるとぞ」と、世間の人々はうわさしているという。兼好にとって、東国で聞いたこういう話が自らの時代をみる上で参考になり、またそれらの見聞を通して、改めて京の文化を考えるということもあっただろう。

たとえば、第一九段では「折節の移り変るこそ、ものごとにあはれなれ」として四季の情趣を述べ、兼好はその移り変わりに強く心惹かれている。そこには自然や人事に対する王朝以来の伝統的な美意識の影響があるのは確かだが、あくまでもすべての事物に流転の実相をみる。世の中には、変わるものがあり変わらないと見えるものがある。年の暮れの夜から元旦にかけての描写において、「亡き人の来る夜とて魂まつるわざは、この頃都にはなきを、あづまのかたには、なほする事にてありしこそあはれなりしか」と、都の様子に引き比べて、実際に東国にいたときの経験をそのまま述べている。また、第三四段では「甲香は、ほら貝のやうなるが、小さくて、口のほどの、細長にして出でたる貝の蓋なり。武蔵国金沢という浦にありしを、所の者は、「へたなりと申し侍る」とぞいひし」と、都の人には煉香の材料としてのみ知られていたものが、鎌倉の海岸に現に落ちていたのであり、それを自ら拾いその名を土地の人に確かめている。さらに第一一九段では、「鎌倉の海に、かつをといふ魚は、彼のさかひにはさうなきものにて、この頃もてなすものなり」、鰹が東国では無上のものとされているが、近頃では都でももてはやすようになったという。その鰹も鎌倉の古老によれば、「己ら若かりし世までは、はかばかしき人の前へ出づること侍らざりき。頭は下部も食はず、切り捨て侍りしものなり」として、昔はれっきとした人の前に出ることはなく、その頭は下賤なものも食べなかったという。そのことも兼好にとっては大きな発見であり、「末の世」である当時、このようなもともと下等とされた魚までが階級を越えて広く都でも行き渡るようになったということに感慨を示している。

このように兼好自らが東国の地に身を置いて見聞きしたことが語られる一方で、都にやってきた鎌倉の人がいうことを聞いて感心することもある。第二二四段では、自分のところへ訪問してきた「陰陽師有宗入道」が「この庭の徒に広きこと、あさましく、あるべからぬ事なり。道を知るものは植うることをつとむ。細道一つ残して、皆畠に作り給へ」と忠告したのには、なるほどと心打たれた。ものの道理がわかるほどの者なら当然土地を無駄に遊ばせるのではなく役に立つものを植えるべきであるという。具体的には「食ふ物、薬種など」ということになる。そもそも、庭の空間が見て楽しむ対象であるばかりのものではないという見方がそこにはあり、兼好にとってその発想そのものが新鮮に感じられたのである。静清無為の修養という立場からいうならば、土地をどう使うかということが、たんに経済的合理性ということだけでなく、食うものや薬種といった積極的な養生術につながる。世の中を自分の目で見、自由な立場でものを考えているつもりの兼好にも、さらに反省を迫られるものがあったにちがいない。

四　滅びのうちに生まれるもの

時代は大きく動きつつあり、都の文化も変化し、衰微というかたちで表れることが多かったが、そういう世の中の変化から生まれてくるものによって新たな見え方があることを、兼好は敏感に感じ取っていたはずである。伝統のもっているその本質を見逃さずに、そのような時代にいかに対処するかという問題である。それはそのまま、無為とは何であり自然とは何であるかを考えることになる。

徒然草には考証的章段が多い。それは、ただ昔の細かいしきたりにこだわっているだけで、後の時代から見ると大して意味のあることのようには見えないかもしれない。しかし、その背後を探っていくとそれは兼好が知り得た知識あるいは発想が反映しており、兼好にとっての無為、あるいは自然の取りうる一つのすがたであって、けっして疎かにはできない。第一四七段の小さな考証文で、灸治の数が多くなれば神事に穢れとなると人々がいっているのに対し、それについての記述が格式にはないと記している。神事の場にも入り込んださまざまな俗説を受けて、兼好は灸治と穢れが無関係であるという合理的判断のために格式を正統的な根拠とした。兼好が政治や公事に関して故実書として重視し依拠したのは、弘仁格式・貞観格式・延喜格式である。

また、第二二段で、日常の言葉遣いに関しても当世の風潮を嘆き「口をしとぞ、古き人は仰せられし」といったが、兼好にとって「もてあげよ」は「車もたげよ」、「かきあげよ」は「火かかげよ」でなければならなかったし、第一六〇段では「額打つ」「桟敷打つ」「護摩たく」

「行法（ホウ）」は誤りで、正しくは「額かくる」「桟敷かまふる」「修する、護摩する」「行法（ボウ）」だとしたが、これも兼好にとっては、何が自然と感じられるかという問題であった。

たとえば、第二一三段「御前の火炉に火を置く時は、火箸して挟むことなし。土器より直ちに移すべし」という故実があって、それは火箸ではつかみ損ねて落とする恐れがあるからそのようになっているのだろうが、ある有職の人がいうのに「白き物着たる日は、火箸を用ゐる、苦しからず」としている。炭を持った手の汚れが白い浄衣についてしまうからだと思われる。このように有職故実は、もともと実際の用から出発してその最も洗練されたものであるはずであるから、融通性があった。それは後世、ただ人を縛り規則の中に閉じ込めるかのように感じられてしまうこともあるが、ほんらいは日常生活の実際に即した、一種の生活の知恵であり、長い時間をかけて人がたどり着いた自然な振る舞いであったとみることもできるだろう。

しかし、誤りを正してくれる人がいるうちはよいし、依拠できる故実書があるならばよいが、それを期待できないこともある。第二〇二段「十月を神無月といひて、神事に憚るべき由は、記したる物なし」とある。十月を「かみなし」月と呼んで、神の祭りを遠慮しなければならないということは世間でいっているだけで、神事で憚るべきだとか、あるいは過去において憚ったとかいうことを記してある文献はない。また、その拠り所となるような記事のある書物も見えない。全部の神々が伊勢の大神宮へ集まるなどという説があるが、その根拠となるものもないという。第二〇三段「勅勘の所に靫掛くる作法、今は絶えて知れる人なし」、天皇の不興を蒙って譴責された人の家に矢を入れて背に負う靫を掛ける、その掛け方を現在では、全然知っている人がいない。その靫を掛けることが絶えてから後、現在まで入口に封を付け、出入り禁止とすることになってしまったという。このように、根拠がないままに俗説として行き渡ってしまったことばや慣習があるが、人々はそういうことをわかった上でやっているかというとそうではない。

また、第二〇四段では「犯人を笞にて打つ時は、拷器に寄せて結ひ着くるなり。拷器の様も、寄する作法も、今は弁へ知れる人なしとぞ」と、検非違使庁における裁判に際しての拷問について書いた(7)。このように語る兼好は、すでに正しい知識も作法も滅びてしまったが故に、その現実を知ることによって見えてくるものがあるはずであるということを知らせようとしている。そこには、古い知識や慣習がたんに余計なものであるばかりではなく、必要にして十分であるというような無為のあり方につながることもあるということがわかる。やがて衰え消えてゆくものがあり、それを押し止めることはできない。しかし、人間のすること、さらには人間の生きている世界が刻々と変転してしまうのが自然のすがたであるが、そこにはまた新たに気づかれ、生み出されるものがある。

第一一九段では、都には失われたが東国には残っていた大晦日の魂まつりの風習を、新たな視点で見ていたが、第一一五段には、武蔵の国かとされる「宿河原」で目撃した、昔は見られず近頃あらわれるようになった「ぼろぼろ」の話がある。ぼろぼろとは、「世を捨てたるに似て我執深く、仏道を願ふに似て、闘諍を事とす」とあり、世捨て人として仏道修行をしているように見えて、実は自我に執着する心が深く喧嘩ばかりをしているような「放逸無慚」の輩である。しかし、無頼不逞のぼろぼろ同士が決闘して果てるまでの律儀ともいえる言動、二人だけで「心ゆくばかりに貫きあひて、ともに」死んでいく姿には、「死を軽くして、少しも泥まざる方」、死を恐れることなく、少しも未練がましさがないことに潔さが感じられて、どこか心に強く残るものがあり、人から聞いた話として兼好は書き留めている。その経緯は怨念や復讐心によっておどろおどろしくなりそうなのに、二人の行動は爽やかにさえ見える。ぼろぼろたちの死への対応は、よほど兼好の内面を揺すぶったに違いない。けっしてそんな生き方そのものにひたすら共感しているわけではないが、そこから生とは何か死とは何かという問題を、また違ったかたちで考えようとしているようにみえる。

このように短所の目立つものにも心惹かれるのであるが、むしろ、そうであるがゆえにかえって見方を変えれば、それがまったく違ったものに見えてくる、ということがわかる。第八二段では「うすものの表紙は、とく損ずるがわびしき」とある人がいったのに対し、頓阿が「羅は上下はつれ、螺鈿の軸は、貝落ちて後こそいみじけれ」と応じたのを取りあげ、兼好はその見解を見上げたものだと感心している。巻物や草子の表紙が、繊細な薄織りの絹でできているのを大切に思い、そうであるが故に崩れやすく破れてしまうのをやりきれないと感じるのがふつうの見方だとすれば、頓阿はそれとはまったく逆に、表紙は上下がほつれて、螺鈿の軸は貝が落ちてこそすばらしいのだとしている。まさにその元の整ったかたちが失われてしまったからこそ、そこに美しさが生まれるのだとする考えに、兼好は同意している。(8) 続いて、弘融僧都も「物を必ず一具にととのへんとするは、拙き者のする事なり。不具なるこそよけれ」といい、完全なかたちがそのままで残っているということのほうが不自然であり、ものごとをむやみに整えようとするよりもむしろ、不揃いな現実のすがたこそよいのだとする。そこには、人間の弱点であるすべてが整っていることを求める賢しらな自意識に気づき、それを捨て去るという解毒作用がある。これは老荘の無為にも見られる特徴である。それを話題とする兼好は、「内裏造らるるにも、かならず、作りはてぬ所を残す事なり」という故実が、一方でそういう主張の根拠になるとも考えているのだろうが、これはたんに昔の伝統を尊ぶというより

は、滅びのなかに新しいものの見方を模索していると考えるべきではないかと思う。(9)

注

(1)　徒然草の成立事情について、橘純一「徒然草通釈」(慶閒堂、一九四一)「徒然草(日本古典全書)」(岩波書店、一九四七)などにおいて、元徳二(一三三〇)から翌元弘元年の秋までとされた。これに対し、安良岡康作「兼好の遁世生活とつれづれ草の成立」(「文学」一九五八、九月号)は、序段から三二段までを第一部、それ以下終わりまでを第二部とし、第一部は文保三・元応元年(一三一九)に書かれたとした。

(2)　桑原博史『兼好法師』(新典社、一九八三)「兼好が世に認められたのは、何といっても続千載和歌集(一三二〇)に一首入集したことがきっかけである。勅撰集にその作品が選ばれるということは、現在では想像できないほど、歌人の栄誉がかかっている」

(3)　永積安明『徒然草を読む』(岩波書店、一九八二)「個々の対人的な死との遭遇だけでなく死が、それこそ「自然」のこととして常時現前するような、作者を取り囲んだ状況そのものの危機的展開が当然考えられた」

(4)　桜井好朗『日本の隠者』(塙書房、一九六九)「変化する不安定な相のうちにこそ、むしろ乱世そのものの本質があらわれている。いや、本質とよべるものがないのが乱世なのだ。そういう考えとして仏教の無常観がすでにあったのだが、兼好はたんにそれを学びとるだけでなく、さらに老荘思想を媒介にして、つまり既成の思想の論理をかりながら、するどい時代認識を推し進めてゆき、そこにえられた危機意識をこう表現した。不定と心得ぬるのみ、まことにて違はず」

(5)　島内裕子『徒然草の内景』前掲「一瞬一瞬を自覚的に生きることの大切さ、こういう教えは鎌倉時代の武家家訓にも記載されていることであり、これ自体は本来武士たちの真剣勝負の戦いの中から生まれてきた実践的な教えである」

（6）浅見和彦「徒然草にみる趣味観」（『国文学』一九九七、一一月号）「兼好が鎌倉より受けた影響には存外大きなものがあるようだ。「多」いことを嫌悪し、「少」ないこと、「無」一物であることを讃美し続ける兼好の美意識、趣味観の根底には、鎌倉の節倹、質実の思想が伏在していたのではないか」

（7）五味文彦『『徒然草』の歴史学』（朝日新聞社、一九九七）「徒然草に検非違使の話題が多く載せられているのも、この時期に検非違使が、京の警察・裁判・行政などを担当するに至ったことと関連している。その他にも、新たに生まれてくる都市の動きに兼好はきわめて敏感であって、それらの様子を探る必要などもあり、所々を尋ね巡ったのであろう」

（8）木藤才蔵『徒然草　日本古典集成』（新潮社、一九七七）「こうした美意識は、貴族文化が爛熟した鎌倉末期の教養人の間ではそれほど珍しいものではなかったはずである。それがすがすがしくさわやかな感じを伴うのは、遁世者たちの精神生活によって濾過されてきているからである」

（9）石田一良「徒然草の思想と論理性」（『國文学』一九六七、一〇月号）「兼好はまだ「わび」「さび」の語を知らなかったが、彼はわび・さびの美学を発見していた。わびとは典雅な人間の社会的零落のプロセスに、さびとは完美な事物の自然荒廃のプロセスに見られる美であろう」

第四章　徒然草と無常

一　死到来の必然性

人生や世間の無常は、『方丈記』や『撰集抄』でもいっているが、徒然草がそれらと根本的に違っているのは、「死は前よりしも来たらず、かねて後に迫れり」とする、その死の受け止め方にある。気分的、感情的な無常観から、原理的、諦観的なそれへと飛躍発展の跡が見られるともいわれるが、人生の終着が死であるとみるのではなく、死をもっと身近なものととらえ、またいわゆる前世後世などという問題とは違う次元で考えようとしている。そこでは、死は明確な事実としてある。死の到来の必然性を強調するのは、兼好が無常は自己の現実そのものであると自覚しているからである。人間が永遠に背負わなければならない運命は、仏教にいう生老病死の四苦であり、人間の精神構造が根本的に変革されない限り、それはいつの時代にも重い問題であり続ける。人はなかなか、そのほんとうのところに気づかない。

第一六六段では「人間の営み合へるわざを見るに、春の日に雪仏を作りて、そのために金銀珠玉の飾を営み、堂を建てんとするに似たり。その構へを待ちて、よく安置してんや。人の命ありと見るほども、下より消ゆること、雪の如くなるうちに、営み待つこと甚だ多し」という。雪仏のためにお堂を建てようとしても、できあがるまでに雪ははかなくも溶けて消えてしまうだろう。世間の人のやっていることもこれに似ている。自分の寿命はまだまだあると思っているうちにも、足元から消えてゆく雪のように死が今まさに迫っているのを知らないで、あれこれに明け暮れているというのが現実ではないのかと問いかける。

第四九段の「人はただ、無常の身に迫りぬる事を、心にひしとかけて、束の間も忘るまじきなり」ということばもそこから出てくる。それでこそ、仏道を志す心も本物になっていくだろうというわけである。そこで「今火急のことありて、既に朝夕に迫れり」と、耳を塞ぎ念仏して、ついに往生を遂げたという聖の例を挙げる。これは、遁世者の立場からいっていることではあるが、しかしもともと無常の一刻も許さぬ切迫性にこそ重点がある。

人の世のはかなさは、雪のように消えていくという事実にあるが、それはかぎりなく悲しいものでもある。第三〇段「人の亡きあとばかり悲しきはなし」。人が亡くなり中陰の間は気ぜわしく過ぎ、集まった者たちも別れていった後、改めて悲しみが込み上げてくる。しかし、年月が経つと、けっして忘れるというわけではないが、直後の切実な感情も少しずつ薄れていく。遺骸を収めたところに忌日などお参りをしてみると、卒塔婆も苔むし、木の葉ふり埋み、夕の嵐、夜の月のみが縁者とでもいうべきものとなっている。まだ思い出し慕う人があるうちはいいが、そういう人も亡くなり、いずれ跡を弔うことも絶え、その人がどこの誰であったかもわからなくなっていく。そして、跡形もなくなっていくのは何と悲しいことか。兼好にとって、悲しみは目の前の人の死にあるだけでなく、一年、十年、百年、千年といった実に長い射程を伴ってこの今に迫ってくる。それがまさに、いま自分にとっての死であり無常なのである。

これは、第三一段のように、「今は亡き人なれば、かばかりの事も忘れがたし」というかたちで表れることもある。亡くなった人であるからこそ生前のちょっとしたことが、今になって忘れられない印象となって、この場合おそらく女性であろうその人の死後も強く自分に迫ってくる。「此の雪いかが見ると、一筆のたまはせぬほどのひがひがしからん人の仰せらるる事聞き入るべきかは」と、手紙のやり取りのなかで生じた鋭い指摘に、「もののあはれ」を知る人としての魅力がいっそう深いものとなって感じられる。もしこの人が健在でありまだつきあいがあったとしたら、これほどまでには思わなかったかもしれない。これは、人の死を介して必然的に生み出された状況であるといえるかもしれない。人間のかけがえのなさと、もはや避けることができない死の現実。しかしこの死は、それを切実に受けとめる人のうちで、いま改めて生の光を点している。兼好にとって、この場合もやはり死という重い事実が迫ってきているのである。

死をまっすぐに見つめるが故に、一刹那一刹那の大切さが身に沁みてわかり、それをどう生きるかということへの覚悟も生まれてくる。問題は、その死という問題をどのように受け止め、それをどう生かしていけるかということである。第九三段では、牛の死が話題となって話が展開する。「牛を売る者あり。買ふ人、明日その値をやりて牛を取らんといふ。夜の間に牛死ぬ。買はんとする人に利あり、売らんとする人に損あり」とある人がいう。牛の売買において、まだ代金の支払いが済んでいないのに引き渡しの前夜に牛が死んだとしたら、買い手が得をして売り手が損をすることになるという意見である。これに対し、そばにいた人がいう。

「牛の主、まことに損ありといへども、また大きなる利あり。その故は、生あるもの、死の近き事を知らざる事、牛既に然かなり。人また同じ。はからざるに牛は死し、はからざるに主は存ぜり。一日の命万金よりも重し。牛の価鵞毛よりも軽し。万金を得て一銭を失はん人、損ありといふべからず」。牛の持ち主は確かに損をしたかもしれないが、ある意味では大きな利益を得ている。なぜなら、命のあるものはいつ死ぬかわからない。それは牛も人間も同じである。思いがけず牛は死に、思いがけずその持ち主は生きている。一日の命は万金よりも重く、それに比べれば牛の価は鵞毛よりも軽い。万金にもまさる命を手に入れて、一銭にも等しい牛を失うなら、その人は損をしているとはいえないという。これを聞いた人々が嘲り笑って、そんなことはその牛の持ち主に限ったことではないと反論するが、その人は続けてまたいう。「されば、人死を憎まば、生を愛すべし。存命の喜び日々に楽しまざらんや。愚かなる人、この楽しびを忘れて、いたづがはしく外の楽しびを求め、この財を忘れて、危く他の財を貪るには、志満つ事なし。生ける間生を楽しまずして、死に臨みて死を恐れば、この理あるべからず。人皆生を楽しまざるは、死を恐れざる故なり。死を恐れざるにはあらず。死の近き事を忘るるなり。もしまた生死の相にあづからずといはば、実の理を得たりといふべし」。

したがって、人が死を憎み嫌うのならば、生きているという事実を愛さなければならない。生き長らえていることに対する喜びを楽しまないでいられようか。それなのに、愚かな人間がこの楽しみを忘れて、わざわざご苦労様なことに他の楽しみを追求し、この何よりも重い宝を忘れてあぶなっかしくも他の財をむやみと欲しがるから、その欲望が満たされることはない。生きている間に生を楽しまないで、死に臨んで死を恐れるのなら、これは理屈に合うはずがない。人が皆生を楽しまないでいるのは、死を恐れないでいるからである。いや、死を恐れないでいるのではない。死が近くに迫っていることを忘れているのである。もしまた、自分はそんな生とか死とかいった差別の相にとらわれず、そういうものを超越しているというなら、それこそ仏法の真理を悟り得ているというべきであろうと主張する。これに対して人々はますます嘲るのである。世俗の論理のみで生きようとする者とそれを思索の対象とする者の会話が噛み合わないのは、思いの次元が異なるからである。「万金」や「一銭」は同一のもののように見えて、そこにそれぞれが異なるものを見ている。一般に人が価値ありとみることと、いま生きてあることのほんらいの価値がどこにあるのかを考えることを同一の次元で語れるかどうかが問題なのである。その比較を単純に行おうとするところに無理がある。人は、価値を問うときに、自分がいま生きてあることは知っているが、価値としてそれがすべてなのだということを知らない。風が吹いていることは知っていても、それがあまねく行きわたらぬところがな

いのを知らないのと同じである。(1)

ここではまず、一日生き延びたことで損か得かというようなことよりも、その一日を愛し、「存命の喜び」を、その日その日を自覚し味わうことができているかどうかが問われている。つまり、兼好がこの会話で提起しているのは、一日をどう生きているかであり、生のありようの質を問題にしているのである。このことの大切さがわからない者は、見当違いにもけっして満たされることのない欲望をひたすら募らせることになる。そういう困ったことになるのは、死と正しく向き合っていないからである。死を恐れるとか恐れないとかいうより、死ということが生に貼り付くようにいつでもそこにあるという事実に気づかないからである。無常の認識に徹するとき、そこには存命の日々の尊さが感じられる。兼好の無常観は生への愛おしさの叫びとなる。

人は、ほんとうは何が大切なのかということをあまり考えず、あれこれといろいろなものを欲しがったり、いざ自分が死にそうだとなったときに、その死をやたらと怖がったりするというのが現実であるのも確かである。そのような、何ものかにこだわって自己のありのままの姿を見失うということがなく、生と死の相対性を超えたところで生きているとしたならば、それは理想的な境地といえるかもしれない。しかし、ここでの主人公の発言は周りで聞いている人々にはなかなか理解できず、したがってその主張がむしろ嘲笑の対象となってしまうのもやむをえないだろう。兼好には、そういうことが起こることもよくわかっている。したがって、無常迅速、いつも身近にあって避けることのできない死の必然性を、自身の体験の中から見いだされたひとつの見解として展開しつつも、生死の相を超越するというようなことが、一般的には受容されないであろうというのもまた現実であると認めなければならない。それ故にこそ、かえってそういう事実を問題にせざるをえなかったのだと思われる。

二　諸縁放下と自由

兼好の時代、遁世したからといって必ずしも寺に入ったのではない。官職を離れて自己の好む境涯に安んじる沙弥生活を送ることもできた。遁世者としていかにあるべきかについて、兼好は共感することの多かった「一言芳談」から、「糂粏瓶一つも持つまじきこと」「なきことかけぬやうを計ひて過ぐる」「能ある人は無能になるべき」といった姿勢を引き出したが、しかし、兼好はそこに挙げられた聖たちのような遁世者になれたわけではない。形の上で生活の変化があっても、自らのうちに渦巻いているものを捨て切れたわけではないし、仏道についてもその入口に立ったというに過ぎない。[2] 俗世を捨てることによってかえって人間が生きる現世が見えてこざるをえないし、その中で生きるとはどういうことかを知らなければならない。第七五段でいう。「分別みだりに起りて得失やむ時なし。惑の上に酔へり。酔のうちに夢をなす。走りて急がはしく、ほれて忘れたる事、人皆かくの如し」。迷いの上に酔い、酔いの中で夢を見るとでもいった状態で、ただむやみに忙しがっているが、そのことがわかっていないのが人の世の姿である。それに気づくためにはまず「縁を離れて身を閑にし、事にあづからずして心を安くせん」ということでなければならないという。そのときに明らかになってくるのは、いまを自覚的に生きることの大切さであった。つまり、諸縁を放下することによって生じる自由であったといってよい。「未だまことの道を知らずとも」と断っているように、問題は、仏道の何たるか、後世の何たるかが十分に見通せているかどうかではない。むしろ、これを断念するところに、身心の安静境、存命の喜びが開かれる。危ういものではあるが、この現世の照顧脚下に無を見ることにおいてしか、「存命の喜び」はない。少なくとも束縛を離れ、かけがえのない生を「しばらく楽しぶ」のであった。

諸縁放下を断固としていいきるためにはそれなりの思想的飛躍がなければならない。横川の修道生活がそのきっかけになったということは考えられる。「生活、人事、伎能、学問等の諸縁を止めよ」という摩訶止観のことばも挙げている。もともと横川の地は、比叡山の中でも伝統的に、とりわけ聖域とされてきたところであり、兼好の時代にも変わりなく引き継がれてきたものがあったはずで、そこでの求道生活は、小野の里や修学院での隠遁や籠居の生活とは違って、兼好の思想にも何らかの影響を与えたことは間違いないだろう。第一一二段では、自ずと人とのかかわりを避けるような例として、明日は遠国へ赴こうとしているような人に、落ち着いてしなければならないようなことを話しかけはしないだろうし、急迫した重大事を抱えている人や深く悲嘆するような出来事がある人は、何をいっても聞きいれないだろうという。年を取り病気がちで、ましてや遁世の身の上の者などが世間づきあいをしないからといって誰も恨んだりはしない。とはいえ、「人間の儀式いづれの事かさり難からぬ。世俗のもだしがたきに随ひて、これを必ずとせば、願ひも多く、身も苦しく、心の暇もなく、一生は雑事の小節にさへられて、空しく暮れなん」と人の陥りがちな事態への認識を強調する。なかなか避けがたいこととして、世俗のあれこれの雑事に追われている限り心に余裕がなく、一生の大事な時を無駄に過ごしてしまう。これに続くのが、諸縁放下の決然たる表明である。

第一一二段「日暮れ塗遠し。吾が生既に蹉跎たり。諸縁を放下すべき時なり。信をも守らじ。礼儀をも思はじ。この心を得ざらん人は、物狂とも言へ、うつつなし、情けなしとも思へ。毀るとも苦しまじ。誉むとも聞き入れじ」という。いつまでもぐずぐずしているわけにはいかない、信義だ礼儀だといっている場合ではない。「物狂」「うつつなし」「情なし」などという世間での評価など気にすることなどないと、自らにいいきかせているようにもみえる。その自戒には、世情を捨てること、身心への固執を捨て去るということも含み、諸縁放下に深い意味を持たせている。遁世はもともと世俗を去ることであり、自らの心のいかに不安定なものかということを充分認め、その心を乱す外的な条件を意図的に取り去ろうとすることでもあった。ここで諸縁放下を強くいうのも、仏道に直に向き合うことで得た体験を踏まえた上で下山の後に、日々向き合わねばならなかった外縁世界とどう付き合うかということを念頭においたものであったはずである。そういう現実と接触することなしには生きる手だてはなかったであろうから、その世界を観察し切実なやり取りもしながら、それにとらわれることなくいかに生活するか、まさにそのかかわり方が問われてくる。確かにいったんは捨てようとした俗世であるが、いま目の前にある現世には、それとはまた違った本質的な意味での諸縁放下の精神でもって対していく必要がある。世俗が求道と相反することなく調和の取れた生き方ができないか、という問題である。もし僧院において出家者に徹するならば、苦悩はそれなりに解決されるところがあるかもしれない。しかし、より難しいのは世俗と求道の間にあってその矛盾にいかに処することができるかということである。それは、仏法と世法の両面をどう超えて生きるかという問題であり、出家者として仏法における人間の真実を求める立場にあっては、より深い自己探究の境涯に入っていかざるを得ない。そのとき大切なことは、まさにこのいまにおいて自覚的に自由を確保して生きるのでなければならないということである。

それでは、諸縁放下の先に見えてくるものはなにか。後世がはっきりとつながってみえるわけではない。あくまでもいまを生きている。しかしそこには明らかに無常の海が広がっており、それがすべての前提となる。「人はただ無常の身に迫りぬる事を、心にひしとかけて、束の間も忘るまじきなり」。人間はいちずに無常すなわち死が、すでにわが身に差し迫っているということを、心にしっかりとおいて、たとえ一瞬たりとも忘れてはならないという心がけが大切だということは間違いない。西行にしても鴨長明にしても、源信の『往生要集』に描かれた地獄の諸相がその念頭を離れなかったことは確かだと思われるが、兼好は無常を説き仏道修行に専念すべきことを勧めるにもかかわらず、後世についてほとんど語らない。兼好は死の向こう側に、後世を見ていない。むしろ、そこに兼好の仏教がある。つまり、まず出家遁世の境遇に身を置くことが大事であり、そうでなければできないことがあるのも確かだが、それで「悟り」の境地に至るとは考えていない。むしろ、仮にそういう境地があるとして、それをどう生きるかということの方に関心がある。仏道を修行するのも、しっかりと後世を信じた上でのことではなく、無常を見定める手だてとして重要であった。宗教的な解脱や悟りの境地よりも、限定された時間のうちで、その不安定さに堪えながら、そこでの自由を重んじているように思われる。

「ぼろぼろ」と呼ばれる無頼者が潔い死にざまを見せたとき、彼らをれっきとした修行者と見たわけでもなく、尊敬に値すると思っていたわけでもないが、思わず知らず兼好の内面を揺すぶったのも、無常について死についていつも正面から考え、死の方から生を考えるということがあったからであろう。兼好にとって、死について語ることが生について語ることにはなっても、その反対にはならない。死を突き詰めていくことによって、生とはいかなるものかを自覚することにはなるが、生をただ生としてとらえても多くのことが依然としてわからないままにとどまってしまうということもある。無常という自らの置かれている状況をしっかりととらえ、方向を定めて努力することが兼好にとってけっして無駄だと思われたわけではない。切迫感を持って諸縁放下を語るとき、求道への志は確かにあった。その表現自体は正直な気持ちであったし、聖たちの厳しい生き方を憧憬していたのも事実だろう。しかしその求道は、仏道の中にあって人間のあるべき理想を求めるさらに広い意味での道なるものと考えることもできるし、生きる最高の手だてとしての教えともなる。

また、それはさまざまな芸能、さまざまな技術を意味する「万の道」ともつながっており、仏道そのものにおいて行ずる道と重なるようにも見えるが、そのまま後世に連続するわけではない。したがって、後世そのものがどういうものであるかということよりも、現世における無常の生を、後世へ向かうその思いのうちに生きている。「万の道」は現世の界面で跡絶え、跡絶えたさきに、及びがたい延長として「まことの道」が空にかかっている。それは兼好にとって、人間の生き方の規範としての道をイメージするものともなった。

三　兼好と仏教諸宗

徒然草のはじめのほうに出てくる仏教にかかわる事柄として、第四段で「後の世の事心に忘れず、仏の道うとからぬ、心にくし」と、いつ死がやってくるかわからないということを忘れないで、仏道に無関心でないのが奥ゆかしいとする。第一七段では「山寺にかきこもりて、仏に仕うまつるこそ、つれづれもなく、心の濁りも清まる心地すれ」。山寺に参籠して経を誦しなどして仏にお仕えすることこそ、所在なさを感じることもなく、煩悩も清らかになるような気がするという。これらは、とくに出家の身ではなくても領けることであり、仏教の受け止め方として何ら特別のことをいっているわけではない。しかし、徒然草には隠遁的浄土教的な仏教が、第三二段あたりまでのしみじみとした無常の詠嘆に何らかのかたちで投影されている。「飛鳥川の淵瀬常ならぬ世にしあれば」で始まる第二五段に、道長の立てた法成寺の盛衰が語られ、金堂は倒れたまま、無量寿院は形ばかり残り丈六の仏九体が上品上生から下品下生に至る極楽往生の姿として尊いさまで並び、天台宗で中道実相の理を思い三昧の行をする場である法華堂もあるにはあるが、これもいつまであるともわからないという。第二九段「静かに思へば、万に過ぎにしかたの恋しさのみぞせんかたなき」、第三〇段「人の亡きあとばかり悲しきはなし」、第三二段「今は亡き人なれば、かばかりの事も忘れがたし」、第三二段「その人、ほどなく失せにけりと聞き侍りし」と続いている。

また、第一段に「増賀ひじりの言ひけんやうに、名聞ぐるしく、仏の御教にたがふらんとぞ覚ゆる。ひたふるの世捨人は、なかなかあらまほしきかたもありなん」、僧侶の威勢が盛んで名誉を気にするのはほんらいの仏教の教えに背いている。顕密を長く学んだにもかかわらず、多武峰に隠遁し超俗脱塵の生活を送ったとされる増賀聖を挙げ、一途に俗世を捨てて修行するのが理想的であるという見解を述べる。自分が「ひたふるの世捨人」だといっているわけでははなく、当時見られた勢力を持つ者の風潮を嘆いている。具体的には、第四九段に「無常の身に迫りぬる事」を忘れず仏道に専念した聖が往生を遂げた話を載せる、東大寺別当も務めた永観が書いた「往生十因」や、第九八段に「尊き聖のいひ置きける事」として、後世を思い仏道を願う遁世者がいかに修行すべきかを説き、高僧のことばを集めた「一言芳談」を挙げる。(3)これらはいずれも浄土教あるいは浄土宗の普及に努めた書物であり、念仏の重要性を強調するものである。とくに「一言芳談」は兼好の内心に深く投影され、「心にあひて覚えしことども」として自ら記し留めた。その抄録は原典との間に違いが見られるが、それは記憶違いというより兼好自身の独自な読み方によるところが大きい。(4)

一方、第三九段では「往生は一定と思へば一定、不定と思へば不定なり」「疑ひながらも念仏すれば、往生す」を、法然上人のことばとして挙げる。往生するための念仏において、強いてことをせず自然であってよいのだといっており、それはまさに無為に通じる。ひたすら念仏を唱えることで往生がかなうと説くその教えが、宗教者であり思想家である法然の包容力によっていかに大きな救いの力を発揮するかを感じさせるものであり、たんなる仏教の教説の枠を超えるものとして、兼好を感動させたといってよい。また、あえて余計なことをせず自然であれという姿勢を、兼好と同時代の人である是法法師に見て、第一二四段で「浄土宗に恥ぢずといへども、学匠を立てず、ただ明暮念仏して、安らかに世を過ぐす有様、いとあらまほし」という。さらに、第二二二段に『沙石集』にある浄土宗の僧の話を挙げる。後に法然の弟子となった「竹谷の乗願房」は、後深草天皇の中宮であった東二条院から「亡者の追善には、何事か勝利多き」と問われ、浄土宗の立場でありながら「光明真言、宝篋印陀羅尼」と答えたので、弟子たちから念仏に勝るものはないとどうしていわなかったのかと問い詰められた。このとき乗願房は、念仏を追善のために行って大きな利益があると書いてある経の文句を見ていないからと、学僧としての慎重さを示した。乗願房は念仏の功徳・利益を疑っているのではないが、人に随い機に応じて法を説く慎重さと自由があった。浄土宗の僧としてよりは学僧としての態度に、そのことさらものに固執しない姿に兼好は感動したものと思われる。

この他、第二二七段には、昼夜六時に阿弥陀仏を礼讃する六時礼讃を始めたのが、法然の弟子であった安楽という僧であり、経文を集めて勤行に用いたこと、またその後太秦の善観房という僧がこの偈頌の音符を定めて声明を作ったが、これが一念義の説をとる専修念仏の初めであることを記している。これらは浄土宗にかかわる話であるが、それは兼好が法然という人に深い関心を持っていたこともはちろん、その教えに寄せる気持ちが強かったことの表れであろう。あえて一念往生の念仏が後嵯峨院の時代に始まったという説を取り、その歴史的文脈にも触れている。兼好はこの時代を、後鳥羽の時代に続くよき時代として位置づけていたとされる。しかし、以上のようなことだけでは兼好と専修念仏との間に本質的関係があったかどうかはわからない。

兼好は、二〇代の終わり頃から比叡山の横川で修道生活をしたとされ、この地は平安仏教を代表する名僧であり、「往生要集」を書いた源信僧都の止住した所として知られる。兼好はここに籠もっている間に、源信の著述にも深く接したであろう。第七段で源信の「観心要略集」の「朝露の底に名利を貪り、夕陽の前に子孫を愛す」を出典とする「夕の陽に子孫を愛して、さかゆく末を見んまでの命をあらまし、ひたすら世を貪る心のみ深く、もののあはれも知らずなりゆくなん、あさましき」という表現や、第七五段で天台智顗の説示である摩訶止観から「生活、人事、伎能、学問等の諸縁を止めよ」を引いているが、これらは天台宗の根本聖典といえる。このはか天台にかかわるのは、第六九段で「法華読誦の功つもりて、六根浄にかなへる人」として平安中期の書写の上人、性空を挙げ、中国の説話をもとに豆とそれを煮る豆殻の会話を聞くことができたという話をする。深く信ずるが故に不思議なこともあり得るという奇蹟談である。[5] 信という無為から真の洞察が生まれると見る。この性空が師事したのが慈恵僧正で第二〇五段に、比叡山に大師勧請の起請を始めたことが記される。第一四六段では、源平戦乱の時代天台座主であった明雲が、自分の「兵杖の難」を見抜いた話であり、確かな予感には必然性があると見ている。

徒然草には禅的思考があるともいわれるが、しかしその思想的根拠として禅からどのような影響があったのかは、検討の必要がある。確かに、「一事を励むべし」というような説示性の顕著な例が多い。これは兼好に先行する表現形態の中から、鎌倉期に起こった仏教宗派の祖師・高僧の遺した語録・法語の影響が考えられ、それこそが中世的な文体であるということもできる。とくに、徒然草の中には、道元の説示を弟子懐弉がまとめたとされる『正法眼蔵随聞記』に類似した法語的表現が少なくない[6]。

第五九段「大事を思ひ立たん人は、さりがたく、心にかからん事の本意を遂げずして、さながら捨つべきなり」というような、無常を思い「捨つ」べきことを促す表現を『随聞記』から拾うならば、一・二一「学道の人、世情を捨つべきについて、重々の用心あるべし。世を捨て家を捨て身を捨て心を捨つるなり」、二・四「学道の人は人情を捨つべきなり。人情を捨つるといふは仏法に随ひゆくなり」、三・一「身命を放下するやうに、渡世の業よりはじめて一身の活計に到るまで、思ひ捨つべきなり」、三・二「生死事大なり、無常迅速なり。心を緩くすることなかれ。世を捨てば実に世を捨つべきなり」。

さらに、徒然草の第九二段「道を学する人、夕には朝あらん事を思ひ、朝には夕あらん事を思ひて、重ねてねんごろに修せんことを期す。況んや一刹那のうちにおいて、懈怠の心ある事を知らんや。何ぞただ今の一念において、直ちにする事の甚だ難き」、第一〇八段「道人は、遠く日月を惜しむべからず。ただ今の一念、空しく過ぐる事を惜しむべし」、第一一二段「一生は、雑事の小節にさへられて、空しく暮れなん。日暮れ塗遠し。吾が生既に蹉跎たり。諸縁を放下すべき時なり」といった学道において「一刹那」「ただ今」の即実行の重要性をいう例として、『随聞記』には、一・二〇「只念々に明日を期することなく、当日当時ばかりを思ふて、後日ははなはだ不定なり知り難ければ、只今日ばかり存命のほど仏道に随はんと思ふべきなり」、二・一六「只思ひきりて、明日の活計なくば飢へ死にもせよ、こごへ死にもせよ、今日一日道を聞きて仏意に随て死せんと思ふ心を、まづ発すべきなり」、二・一七「暫く先づ光陰を徒に過さじと思ひて、無用のことをなして徒に時を過さず、詮あることをなして時を過すべきなり」、三・三「一期は夢の如し。光陰は早く移る。露の命は消へ易し」、四・五「自ら卑下して学道を緩くすることなかれ。古人云く、光陰空しくわたることなかれ」、四・一二「学道の人只明日を期することなかれ。今日今時ばかり仏法に随て行じゆくべきなり」、六・八「学道の人は後日をまちて行道せんと思ふことなかれ。ただ今日今時をすごさずして日々時々を励むべきなり」、五・八「学道の人須く寸陰を惜しむべし。露命消えやすし、時光速かにうつる、暫くも存する間余事を管することなかれ」などがある。

このように見ると、ここにある人生無常、世間無常、出家遁世をいうその表現は、確かに兼好のいうところに重なるように思われる。したがって、『正法眼蔵随聞記』から兼好が何らかの影響を受けたであろうと推定することはできる。しかし、道元と兼好との間には大きな径庭のあることもまた確かである。『随聞記』には六・七「学道の人、たとひ悟りを得ても、今は至極と思ふて行道をやむることなかれ。道は無窮なり。悟りても猶行道すべし」とあるが、これに相応することばを兼好から聞くことはできない。さらにまた、兼好が第一〇八段で「光陰何の為にか惜しむとならば、内に思慮なく、外に世事なくして、止まん人は止み、修せん人は修せよ」というときにめざしたものは、道元が身心を放下して学ぼうとした仏祖の行履、菩薩の慈悲とは違う。また、道元が『正法眼蔵』の「現成公案」で「自己の身心および他己の身心をして脱落せしむる」といい、万法によってかえって自己が証せられ、仏の側からはかられるとしたところは、兼好にはない。

一方、徒然草において詠嘆から自覚への転換の起因となったものとして、大応国師への帰依ということも指摘されている(7)。兼好は小野の庄に水田一町を九〇貫文で買い取り、それを生活の資として隠遁生活をしていたが、元亨二（一三二二）年その水田全部を大応国師に寄進している。それを証する文書が大徳寺にあった。それを、兼好が浄土系の雰囲気を示している三〇段前後から禅宗的傾向を持ち始める転機とみる説もある。

また、かつて徒然草が第一部には比較的旧仏教的、あるいは浄土教的な雰囲気が認められるのに対して、第二部においては、自力的、聖道的傾向が著しくなっているという見方が示されたこともあるが、兼好の場合特定の仏教宗派に属するということはなかっただろうから、浄土門とか聖道門とかいう教理的分類はあまり意味がない。

旧仏教との関係をいうならば、第五二・第五三・第五四段と続けて仁和寺の法師が登場し、いずれも失敗談でありまた批判的な視点も含まれている話で、そこにある種のユーモアが感じ取れる。また第八二段で兼好は、「物を必ず一具にととのへんとするは、つたなき者のする事なり。不具こそよけれ」という仁和寺の同時代の僧、弘融僧都のことばの持つ美学的見地を取りあげ、さらに法顕三蔵の一見欠点あるいは弱さとも見えるところをかえって「優に情ありける三蔵かな」と誉めたその柔軟な視点に感動している。第二〇八段では、経文の紐の結び方について、「古き人にて、かやうのこと知れる人になん侍りける」と仁和寺華厳院の弘舜僧正に敬意を表している。

このほか第二一八段に、仁和寺の下法師が三匹の狐に食いつかれて一つは突き殺し、二つは逃げた話がある。このように真言宗の寺である仁和寺にかかわる話が多い。兼好の在俗中の仕官が大覚寺統であり、出家の導きが歌友であった道我であり、出家の場所が仁和寺であるとの推定もあり、そこに連なる何らかの事情があったことは考えられる。(8)いずれにせよ、仁和寺は兼好の社会生活と密着していたものと思われる。(9)また、真言宗では第一〇六段で、伝未詳ではあるが、高野の証空上人が道で行き会ったときの接触で堀に落ち、相手の馬の口引き男に悪態で自らの論理を展開し激昂したが、すぐにその非に気づき逃げ出していく、その純情一途なところを「尊かりけるいさかひ」と賞讃した。

同じく旧仏教に属するが、第一四四段で、高山寺に住して華厳宗を中興したとされる僧、「栂の尾の上人」明恵を取り上げている。明恵は、現世において「あるべきやうにあらん」と願いつつ真に超俗的であった僧であり、兼好はそこに特別な人間のすがたを見ている。たまま川で馬を洗っていた男のいった「あしあし」を「阿字阿字」と聞いて尊く思い、誰の馬かと尋ねて「府生殿」と答えたのを「阿字本不生」と聞いて、それをうれしい結縁と感じて感涙の涙を流す。ほんとうに心から信を起こしている人は、見るもの聞くものをすべて自然とその信につなげて見聞きしてしまう。そのあまりに純粋な態度をどう見るかということである。

また、同じ感涙でも対照的なのが、第二三六段の伝不詳、聖海上人である。丹波の出雲にあった社殿に、この人が人々を誘って参拝に行く。そのときたまたま目にした獅子と狛犬が後ろ向きに立っているのに感動して、それに何か深いわけがあるのだろうと連れの人たちにも吹聴し、さらに神官を呼んでその理由を聞いたところ、それがただの子どもの悪戯とわかって悄然と立ちつくすしかなかったという話である。むやみに秘伝やいわれをありがたがった結果、そのありのままの真実が見抜けなかった聖海上人の姿にも、兼好は人間がものを信じることの意味を問うているともいえる。

四　無常のとらえ方

兼好は、世の無常をいい、ときに死への覚悟を説くが、そのことによって悲観的になることはない。第二五段で「飛鳥川の淵瀬常ならぬ世にしあれば、時移り事去り、楽しび悲しびゆきかひて、花やかなりしあたりも、人住まぬ野らとなり、変らぬ住家は人改まりぬ」といい、人の世はかなさに対する感慨を述べるが、その定めなさを受け容れ、人生の長短をさまざまな観点からとらえなおしている。無常の世を直視しながら生きるということは、死を切実な前提として生きるということである。生きるということの意味が、そのことによってきわだって鮮明になってくる。第七段で「あだし野の露消ゆる時なく、鳥部山の煙立ちさらでのみ住み果つるならひならば、いかにもののあはれもなからん。世は定めなきこそいみじけれ」という。兼好は無常において、人生をはかなみその頼み難さを託つたんなる感傷に陥るのではなく、世の中の実相をあきらめ、ものの移りゆくさまをありのままに見つめ、頼むべからざるものを頼むべからざるものとして、はっきりと認識しようとする。重要なことは、人間の生命が有限であることの自覚が、人間をよりいっそう多感な存在たらしめ、そのことが人間の生そのものを深いものにするということを兼好は身をもって感じていた。そこに新たに生きる道が開かれ、社会観察、心理把握が確かなものとなり、人間の何たるかを深く探ることができる。何より、それが徒然草の特徴であるといえる。いまあるものはいまというこのときにおいてこそあるのであり、そのいまがいつまでも続くということはありえない。それぞれが一回的生起においてあるということを直視することから生まれるのが「もののあはれ」であり、そこに重い価値が見いだされる。無常だからこそ「もののあはれ」も知られるという考えも成り立つが、ここでの無常論は仏教教理に基づくものというよりは、兼好自身の目を通した現実的な発想から生まれたものと見るべきであろう。

第一三七段で「花は盛りに、月は隈なきをのみ見るものかは」というが、満開美・満月美を否定しているのではなく、三日月の美・有明月の美や未開の花の美・落花の美をもとらえており、無常と呼ばれる死の支配の自覚によって清められた美意識であった。一般的に見れば深い・浅い、重い・軽いと感じられることにも、その深いものには深いものなりの、浅いものは浅いものなりの位置が与えられ、重いものは重いものなりに、軽いものは軽いものなりに過不及なく生かされる。

それは、永遠と現在を梃子として無常をとらえる視点を持つということである。無常の認識から現在の重視へと思考が深まっていくところに独自の時間性がある。そこに見いだされる美は、たんに観念的なものではなく、現実を踏まえたものであり、世界がそういうものとしてしかあり得ないという意味において現実そのものをしっかりとつかまえており、何ごとにおいてであれ実践の原動力となって自己の真実へと集中していく。この世の無常を繰り返し説くということが、かえって人間に生きる勇気を与えるという人生背理の構造に兼好は気づいていただろう。

ニヒリズムの立場から見たとき、この世界とはいつ始まっていつ終わるのかわからない「流転」の様相を呈する。すべては無に呑み込まれていくように見える色即是空の一方往路であるが、しかしそれは必ず空即是色と逆転する契機を含んでいる。第九三段で牛の死をきっかけに人間にとっての死の意味を考え、死ゆえにこそ「存命の喜び」を知り、さらに生を楽しむことの意義が語られる。兼好は名利などから人間のほんとうの満足が生まれるはずはないとし、万物が流転し有為転変してやまないこの無常の世界にあって、生の充実のためには一時たりともゆるがせにできないのに、そんなことをしていてよいのかと自らを振り返る。名利を無常との関連でとらえるとき、真の楽しみはそのようなことにはなく、生そのものを楽しむというところにある。さらにいえば、「生死の相にあづからず」というところに至れば、それが真に道理の体得といえるかもしれないというが、これもまた無常の背後に無限と永遠を見ようとしているからである。

兼好は無常観を突き詰めていき、その深部に「物皆幻化」という考えを導き出す。たんに死が近いというに止まらず、その死に至るまでの生の内容もすべて、みな幻だというのである。第九一段で「赤舌日といふ事、陰陽道には沙汰なき事なり」として、この日を忌むことにその根拠・起源が不明であり、経験上それが当たらないということを実証しようとする。このときもとになるのが「無常変易のさかひ、有りとみるものも存せず、始めある事も終りなし。志は遂げず、望みは絶えず。人の心不定なり、物皆幻化なり。何事か暫くも住する」ということである。すべてが変化するこの世においては、眼前にあると見えるものも実体としてあるわけではない。そもそも人の心というものは存在するのかどうか不確かであるし、そこから生まれるすべては幻のようなものであるとする。

また、第二四一段では「如幻の生の中に、何事をか成さん。すべて所願皆妄想なり。所願心に来らば、妄心迷乱すと知りて一事もなすべからず」という。幻のような一生において、何が何でも成し遂げなければならないようなものは何もない。人が心に抱く願望は、すべて心の迷いといってもよく、ふつう人間が価値があると見てこだわっているものも、実は迷いの心が生み出したものにすぎず実体がない。したがって、そういうものを一切捨てて浄土に憧憬を抱いたのが「一言芳談」の聖たちだったが、その意味では兼好とこの後世者たちの思いにそれほど大きな違いがあるわけではない。しかし、聖たちは「如幻の生」に代わるものとして浄土に一途に価値を求め、そこに超越するための方法として南無阿弥陀仏を選びそれに専念しようとしたのに対して、兼好にはそれがない。ひたすら浄土をめざす善知識の教えとは違い、現世の無為のうちに生の価値を求めている。捨てること、持たぬこと、執着せぬことを大切にした先にあるものが違う。

兼好はあくまで生きようとしている。この無常観に立脚した生活態度は、諸縁放下とともに寸陰愛惜にある。それを「道を学する人」である自己の立場から、主要な問題として反省し、自戒している。第九二段で「何ぞただいまの一念において、直ちにすることの甚だ難き」といい、ものごとに対して怠け心を起こしたり、そのために先延ばしにしたりするのを厳に戒め、何ごとにおいても即座に実行することを心掛けようとする。無常であるからこそ、「ただ今の一念」が貴重であるという発想がここにはある。第一〇八段では「無益の事をなし、無益の事をいひ、無益の事を思惟して時を移すのみならず、日を消し、月を亘りて一生を送る、最も愚かなり」という。「如幻の生」に実体はないのだから、すべてが無益だとすれば究極的には無益でないものはないことになるのだが、たとえ同じことをしても、それが無益か無益でないかはそれをどう生きているかによって決まる。とにかく、いま生きているこの時を惜しむのはなぜかというならば、「内に思慮なく、外に世事なくして、止まん人は止み、修せん人は修せよとなり」というように、心のうちによけいな考えがなくありのまま自然な状態で、外にあれこれとこだわるものがないということを前提として、何もせず無為を貫くならばそれはよいことだし、いかなるやり方であれ何らかの悟りを得ることができるならば、それはそれでけっこうなことだ。いずれにしても、そういう自覚をもって生きているかどうかということなのである。

兼好の無常は、三〇～四〇段あたりまでとそれ以後とを区別して、前では無常をとらえる心の主体において、心にむしろ優位を認めたのに対し、後の無常観では心の優位が失われて、心そのものが無常なものになっていることを認知しているともいえる。[10]とくに後者は「人の心不定なり、物皆幻化なり」というところによく表れている。心が何ものかをつかまえるということがあるのではなく、その心というようなものがはたして確かにあるのかと疑ってかかっている。心はそれほどにとらえどころがなく、変化するものでもあると見ている。「変化の理」のうちに生きるとき、「念々の間に止まらず」、つまり、念々死、念々生として、自己の生存が瞬間ごと死によって切断されており、世界は無常の相において現れ、その無常の相に現れる世界を、ただそのものとして生きる、瞬間をただ瞬間として生きることになる。このいまの重視によって自ずから「変化の相」を超えてしまうところに新しい視点がある。したがって、兼好の場合、無常観とはいっても、いわゆる無常をそのままひきうけたところと、それを突き抜けたところ、時代の価値観の許容量を遙かに超えたところがあり、それらを一括りにして無常と呼ぶことはできない。

五　仏道のゆくえ

「仏とは何か」、それを問うことは、人間とは何であり、人間を生かしているものは何か、そして、そこで生きるとはどういうことなのかを問うことにほかならない。兼好は出家遁世のつれづれの無為に身をおくことを何よりも大事なことだと思ったはずだが、それはとりもなおさずこの問いを問うための一番の近道だと考えたからだといえる。学道とは仏教的知識を学ぶことではなかったし、また仏道を願うことはけっして格別のことではなく、ただ暇ある身となって世間のことを心にかけないのが先決であった。兼好にとって仏道は一つの方向を指し示しており、そのような環境の中でなければ得られない大切なことがあったと思われる。しかし、仏道を志す聖たちの厳しい生き方に憧憬はするものの、それはたんに仏道修行の果てに悟りの境地に至るものでも、いわゆる極楽往生にたどり着くものでもなかっただろう。したがって、兼好がどのような信仰をもったか、徒然草にはそういうことがはっきりとは書かれていない。その代わり、その手前でありありと見えてきたさまざまなことや、いまそのようにして生きている自らの姿を思わず知らず描き出している。

その無常観は、この地上のあらゆるものを刻々に変化する相においてとらえ、念々に迫る死を人間の不可欠の現実と見るものではあるが、必ずしも仏道への確信に結びつくものとはいえない。徒然草には鋭い洞察があるのは確かだが、仏典や説話を引いて書いている兼好の仏道そのものにそれほどの独創性があるとは思えない。むしろ、「変化の理」をいかに乗り越えるかに対して、無常という現実を重視する視点を打ち出すところに新しさを見ることができる。出家後の兼好の足跡を自撰家集で確かめると、木曽路を歩き、修学院に籠もり、横川で修行している。そのときどきに心に秘めたものがあっただろうし、そのときどきの決意があっただろうと想像されるが、そのなかではたして仏道そのものに専念することができたのかどうか、またその若い頃の経験がその後の徒然草の表現にどう結びついていくのか、詳しいことはわからない。兼好が仏道に深くひかれたことは確かだが、ほかにも神道、老荘、儒教、和歌、美学的見地など、さまざまな立場でものを見ようとした。しかし、そのほんとうの関心は人間にあり、人間をどう見るかということが、それらの教理によって柔軟性や幅が生まれるということはあっても、けっしてそれによって偏りが生まれるということはなかったように思われる。

仏道を求めつつも、ひたふるの聖らしくも悟道の人らしくもなく、人としてのありのままのすがたとでもいうべきところへ帰っていくのが兼好である。したがって、信ずる心のありようについて、そこにきちんとした体系や原理を求めるというのではなく、それを知らず知らずのうちにさまざまな次元で心を多面的にとらえるところがあった。第七三段では「世に語り伝ふる事、まことはあいなきにや、多くは虚言なり」として、「虚言」をつくり出し騙し騙される人間の心理を細かに分析する。兼好は、虚言の多い世の中において「ただ常にある珍しからぬ事のままに心得」るのがよいというが、そういうところから生まれる信仰心もあり、それをどう判断すればよいのかという点に関心を持っている。「その道知らぬは、そぞろに神の如くにいへども、道知れる人はさらに信も起こさず」、また「よき人はあやしき事を語らず」とするという一方で、「仏神の奇特、権者の伝記、さのみ信ぜざるべきにもあらず」ともいい、ものごとに執着する偏った視点から何でもたやすく信じてしまうようなあり方を批判しつつも、そうした現象を冷静に観察する眼をもつことを大切にし、仏道における信のありようを一概に否定するようなことはいっていない。

第一九四段では「達人の人を見る眼は、少しもあやまる所あるべからず」として、虚言からどういうふうに何を受け取ったかを、その人々のことばや顔や振る舞いによって見抜いてしまう達人の眼を通して洞察する。そこには、「すなほにまことと思ひて、いふままに謀らるる人」、「あまりに深く信を起こして、なほ煩はしく、虚言を心得添ふる人」に続き合わせて十の類型が示され、そのなかにときに仏道の信も含まれるのであるが、このようなたんなる推し量りの態度で仏法まで比較してよいというわけではないともいう。これは世俗で行われていることと仏法がどういう関係になるのかという問題を示唆している。

兼好は仏道をしばしば口にするが、彼岸の存在については語らない。後世において、いまの生の無常の苦が救済されるという観念はない。後世は思案の外に置かれ、現世の生を規制する力を持たない。しかし、死はすでに足下に迫っている。そういう位置に兼好は立っている。諸縁を放下せよといいながらも、その諸縁は仏道とまったく断絶したところにあるのではない。問題は、何を放下するのかということである。兼好は人間のあり方として、刹那刹那の尊厳を体得することによって、無常の実相を自らの世界に引き寄せようとした。そのとき世法もまたそのまま生かされるのでなければならない。それは、兼好が抱いた人間のあるべき理想としての道でもあった。それは、仏道の行にもつながるものであった。『正法眼蔵随聞記』に「ただ今日今時を過さずして日々時々つとむべき」といい、一遍の時宗的世界にも「一念」「今の一念」ということがいわれるが、それは刹那の絶対性を認めることにおいて兼好の「ただ今の一念」に通ずる。[11] 道元は「弁道話」で「在俗の繁務は、いかにしてか一向に修行して無為の仏道にかなはん」、世俗の多忙な務めに妨げられ、そのために、ひたすら修行して究極の仏道に合致するということが、どうしたらあり得ようかという問いに対し、「ふかくことの殊劣をわきまふる人、おのづから信ずることあり。いはんや世務は仏法をさゆとおもへるものは、ただ世中に仏法なしとのみしりて、仏中に世法なきことをいまだしらざるなり」、ものごとの優劣を深く考える人は、自ずから坐禅弁道の道を信ずるようになるものである。まして、世俗の中には仏法はないとだけ知って、仏法の中では世俗として区別すべきものがないということを、まだ知らないのであるという。つまり、仏法のうちにおいて世務を生かすべき道が行じられることがあることになる。とにかく、兼好にあっては生きるということが求道と相反することなくバランスの取れたものでなければならない。僧院にあるのではなく世俗にあっていかに道を求めるかということが問題なのであった。

二一七段で「人は万をさしおきて、ひたふるに徳をつくべきなり。貧しくしては生けるかひなし。富めるのみを人とす」という大福長者が、その致富論を紹介した上で、「銭積もりて尽きざる時は、宴飲声色を事とせず、居所を飾らず、所願を成ぜざれども、心とこしなへに安く楽しき」と、それが世間的な欲望を断つことに基づくことをいうのを受けて、兼好は、「究竟は理即に等し。大欲は無欲に似たり」と結論づける。凡夫から成仏に至る六つの段階の、その入門の位と最高の位がつまるところ異なるものではないとする天台の論理を駆使して、大欲を無欲と同じものにしてしまう。我執我欲で営まれる人間を見つめ、そういう世界にいいしれぬ親しみを抱きながら仏道を説くのが兼好である。大福長者の言に批判を加えているものの、一方で道に徹している専門家の言として、一種の畏敬の念さえ感じているようにもみえる。

天台をはじめとして各派の仏教にも学びながら、「仏とは何か」さらには「人間とは何か」と、兼好は問い続けたであろうが、しかしついにその最も根源的な問いには答えを出すことができなかった。少なくとも、そういうかたちでは答えが出なかったというべきかもしれない。第二四三段には、兼好の信仰を考える上で興味深いことが示されている。子どもだった兼好が父に尋ねた「仏とは何か」という質問に対する答えは、「仏の教え」を遡っていって最後にたどり着くのは「空よりや降りけん、土よりや湧きけん」という父のことばでしかなかった。子どもに問い詰められて結局答えられなかったといって自慢話にしてしまった父であったが、子どもの兼好にとっては死が切実な怖れであったかもしれず、仏の救いにつながる根本的な問いに、徒然草の兼好も自分で満足のいく答えは出せなかった。注目すべきは、その折の記憶を老年になるまで兼好が持ち続けていたということである。

仏は、結局不可解でとらえがたい存在であり、常に、それはいかなるものかという問いを宿業であるかの如くに問い続けなければならなかったのだろう。ここでは正直な兼好の気持ちを吐露しているのかもしれないが、同時に兼好にとって、もはやそういうかたちで答えを出すことにあまり意味がなかったということでもあろう。兼好は「仏とは何か」をすっきりと証してみせるような悟達者ではなかったし、それをめざしたのでもなかった。兼好の道念は、その道念そのものをも超えて無為へと超越するところにあったといえるかもしれない。そのめざすところは、仏教のいう無我とも何らかのかたちで通じるものであり、高次の我の否定につながるともいえるだろうが、しかしそもそも自己が消えてなくなるわけではない。

大きな拡がりをもつ自己は、いつも存在するのであり、人を自由にし、明るくもする。そこではまず、精神を無為において解放し、その解放された精神をもって現実を生きるとき、現実もまた違ったすがたをあらわすということかもしれない。われわれは自分がいまにも死ぬかもしれないという状況に置かれたとき動転するだろうし、親しい間柄の人の死にははなはだ嘆き悲しむ。それが人情の自然である。そんなとき天地自然のはたらきにすべてを預けるという考えは、いささかの救いとなる。それは、人為的・作為的なものごととは対極にある。そして、その無為とは人為をなくすことであるが、人為をなくすこと自体が、また一つの人為となる。そういうところで兼好は、矛盾を矛盾として抱えこみながらも、もう一度人間そのものへ、自然へ帰ろうとしているように思われる。

注

（1）これは、道元が「現成公案」で挙げた、麻谷山宝徹禅師のことば、「なんぢただ風性常住をしれりとも、いまだところとしていたらずといふことなき道理をしらず」、つまり「無処不周底の道理」である。

（2）上田三四二『俗と無常　徒然草の世界』（講談社、一九七六）「死の誘惑に酔って生を否定する後世者の立場からは、やがて隠遁そのものまでが不徹底に見えてくる。なぜなら隠遁は俗世の否定ではあっても死の哲学より見れば、それは生の側に荷担した身の処し方にちがいないのであるから」

（3）安良岡康作『徒然草全注釈』（角川書店、一九六七）「「往生十因」からの引用については、本書の中で確かに書名が挙げられてるのは三〇部に過ぎず、その中で仏書は一〇部にも足りず、またその中で日本撰述の書としてはほかに「一言芳談」があるだけであるから、兼好の読書の範囲を知る貴重な資料となる」

（4）五味文彦『『徒然草』の歴史学』前掲「記憶を問題にして考えてゆくことの有利な点は、その語られていることが事実かどうかということにあまり神経質にならなくてすむ点にある。記憶の中では、事実を取り間違えたり、勘違いしたりすることはよくある上に、誤ったことも事実として受け取られるのであって、その記憶の総体こそが人間を動かすのではない」

（5）永積安明『徒然草を読む』前掲「限りある人間の智恵には、当然及びがたい世界のあることを知っていた兼好は、また凡愚には測りがたい宗教的な奇蹟をはじめとする非合理の世界を、有限の「合理」によって安易に否定し、あるいは逆に何の保留もなくこれを全面的に信仰してしまうことがいかに人間の可能性を阻害するかを見通すことができた」

（6）唐木順三『無常』前掲「出家遁世の兼好が家司として仕えたのが久我家である。久我通親から数えて五代目の具守に仕えたとされる。通親は道元の父である。道元は久我家の出である。「正法眼蔵」・「随聞記」に、久我一門が他より一層関心を持ったとしても不思議ではない。その写本の類があったとしても不思議ではない」。徒然草に登場している花園上皇、また後を継いだ後醍醐天皇はともに禅への関心を示しており、兼好が家司として仕えた堀川具守の娘は後宇多天皇の寵を得てのち後二条天皇を生んでいる。兼好もまた、そういう宮仕えの間に、宮廷内の禅の雰囲気に触れなかったとは言えないだろう。

(7) 藤原正義『徒然草とその周辺』前掲「兼好は徳治二年の秋の帰洛まで暫くの間金沢称名寺に逗留しており、その頃に紹明（大応国師）とその宋風の純粋禅について知見をもったかもしれない」

(8) 高乗勲『徒然草の研究』（自治日報社、一九六八）は兼好・道我の密接な関係を考察している。

(9) 金子金治郎「晩年の兼好法師」（『国文学攷』一九五四、一一月）「兼好の庵室が仁和寺にあったかどうかは、決しがたい。ただ、浄光院の寺域の中か近傍に草庵を営み、寺僧ではないが何かとその寺の庇護の下に生活したろうと考えたい」

(10) 松本新八郎「徒然草・その無常について」（『文学』一九五七、一月号）は、「無常をとらえる心の主体の優位」から、「心そのものの無常の認知への変化」を指摘した。

(11) 小林智昭『法語文学の世界』（笠間書院、一九七六）「兼好における時宗的影響をみることも、あながち不当ではないかもしれない。しかし兼好は「ただ今の一念」に往生や臨終をみているわけではない」

第五章　徒然草の「道」

一　人の道

世の中とはどういうものであり、人間とはどういうものなのか、そして生と死をどう受けとめ、何をどう信じて行動するのか、徒然草を書くうちにそういうことについて兼好の思索はさまざまな展開を見せる。最初からその精神の地平が開かれていたわけではないし、けっして達観していたわけでもない。第七段で「あだし野の露消ゆる時なく、鳥部山の煙立ちさらでのみ住み果つるならひならば、いかにもののあはれもなからん。世は定めなきこそいみじけれ。人ばかり久しきはなし」と、この世の無常ということにおいてこそ、人はものの情趣を知ることができるのであるという。ここでは「淮南子」や「荘子」を引いて、蜉蝣が一日も生きられず夏の蝉が一年も生きられない、儚い命を生きることを挙げる。それに比べ人間はいかに長く生きていることか、それなのにその一年でさえつくづくと、それを噛みしめながら暮らすということをしているかどうか、と問う。「飽かず惜しと思はば、千年を過ぐすとも、一夜の夢の心地こそせめ」。欲に駆られ、満足することを知らず、落ち着いて人の世をじっくりと見つめるということをしないなら、どんなに長く生きていても、それはただただ儚い夢だとしか思えない。「命長ければ辱多し。長くとも四十に足らぬほどにて死なんこそめやすかるべけれ」。長く生きていればいるほど、かえって醜い姿をさらし、改めてふり返るとみっともないと思えるようなことも多いはずだ。だから、四十歳にならないくらいで死ぬのがよい、という。これは、老い故に生存欲・物欲など貪りの心が深くなり、ひたすら長生きしたいと考えるような人間のすがたを嫌ったのであって、長生きすること自体が悪いといっているのではない。むしろ第一七二段では、人間は老年になると、「心自ら静かなれば、無益のわざを為さず、身を助けて愁なく、人の煩ひなからん事を思ふ」といい、若いときのように血気にはやって過ちを犯すこともなく、心が自然平静だから、役にも立たないようなことをしないし、身を大切にして心配事がなく、人に迷惑をかけないようにと心掛けるというようように、老いの利点を挙げている。

いずれにせよ、「世を貪る心」がいけないのであって、それが人を兼好にとってのあるべきすがたである「無為」から引き離す。ここではしんみりと落ち着いて「もののあはれ」を感じ取ることができるかどうかが大切なのである。それは、ひたすら執着し自らを見失ってしまうようなことのない「無為」というあり方において感得される。それは、「よき人」のありようでもあった。第五六段では「久しく隔たりて、あひたる人の、我が方にありつる事、数々に残りなく語り続くるこそあいなけれ」という。しばらくぶりに会った人がそれまでに自分の方にあったことを思いつく限り次々とまくし立てるのを聞くのは興ざめなものだが、「よき人」はそういうことはしない。その場にたくさんの人がいても、そのうちの一人に向かってじっくりと語りかけるように話すので、聞く側も自然とそれを受け容れる。そこに、でしゃばりや騒々しさというものがない。兼好は過剰に意味を求めることをせず、自然のままのすがたを要求した。

また、第七三段で「世に語り伝ふる事、まことはあいなきにや。多くは皆虚言なり」、世に伝わる話というものはそのままでは面白くないからだろうか、たいていは嘘であるとし、だからそれを程々に取り扱うのがよいのであって、一途に信じるのはよくないという。人は実際以上に誇張して話を作って話すものであり、そうして嘘が広がるさまざまな場面を兼好はリアルに描き、そこに居合わせる人たちの心理を分析するが、「よき人」は人をやたらに不思議がらせたり興味を引き付けようとしたりはしない。

兼好は、わざとらしさを退ける。老子の無為が示す姿勢は消極・虚静・謙虚であったが、背伸びしたり見栄を張ったり、したり顔や手柄話をしてもいずれ馬脚を現すぞと、むやみな自己主張を否定したものであり、それは結果的に自己の充実につながるはずなのであった。その自己主張の否定は、一方でほんらいの自己をしっかりと保っている。第七九段では「何事も入り立たぬ様したるぞよき。よき人は、知りたる事とて、さのみ知り顔にやはいふ」といい、「よき人」は知っていてもいかにも知っていますといった顔はせず、知っていても知らないような顔をする。洗練された態度で、限度を踏み外すような過剰さがなくあっさりしているというのが、人のあるべき心構えであり、自然なのであった。さらに、第一三七段では「よき人は、ひとへに好けるさまにも見えず、興ずるさまも等閑なり」として、「よき人」は情趣を解するからといって、何事につけても一途に好み耽るということがないという。そこに、さりげなさと、それが喚起する深い内面性を読み取る。

無為を生き、何事もむやみに信ぜず頼りにしない兼好をその心のうちで支えていたのは、仏教の一面であることにはちがいないが、けっしてそれだけではなかった。それとは別の意味で兼好が憧れたのが、平安朝以来ひきつがれてきたとされるものであることもまた確かであり、「道」は理想的なあり方としての仏道を指すのはもちろんであるが、兼好にとってさらに注目すべきは、それ以上に「よき人」なのであった。それはふつう、身分が高く、教養があり、洗練された上品な趣味の持ち主とされるが、なによりも身体化された伝説に生きる「道」の人というべきであった。

徒然草の中で、それはさまざまなすがたを取ってあらわれる。たとえば、第八四段では、「法顕三蔵の、天竺に渡りて、故郷の扇を見ては悲しび、病に臥しては漢の食を願ひ給ひける事」が、昔の話として語られる。三蔵法師が仏教を学ぶためにインドに行き、そこで長い間修行と勉学の日々を送ったとき、故郷を懐かしがって悲しんだり故国の食べ物を欲しがったりしたということを聞いた人が、あれほどの高僧であるのに、なんと弱気な様子を見せてしまったものだといった。それに対する弘融僧都のことば「優に情ありける三蔵かな」、なんとやさしくて、人間味のある三蔵だろうというのは、僧都という法師の立場であるにもかかわらず、法師らしくもなくてたいしたものだという。三蔵法師が、仏教の真理を会得し世俗を超越していても人間味を失っていないということを、弘融僧都は「道」において重く受け取った。遠い故郷への思いに沈むそのすがたを人間の弱さとするのではなく、人間としての豊かさと見る。(1)仏教を宗教の枠に閉じ込めず、柔軟な態度で人の道をとらえるその発想が、兼好にとってはこだわりのない「無為」そのものであり、尊いものと思われた。僧都は、また「物を一具にととのへんとするは、拙き者のすることなり」といった人でもあった。

第六〇段では、「真乗院に、盛親僧都とて、やんごとなき智者ありけり」として、芋がしらというものが好きで講義の時もそれを膝元に置いて仏典を読み、病気になってもいっそう多く食って療治とした人の話である。貧しかったが師匠から譲られた金銭も住まいもすべてその芋がしらのために使った。それを人は「まことに有り難き道心者なり」といったという。「みめよく、力強く、大食にて、能書、学匠、弁説ひとにすぐれて、宗の法燈」、仁和寺山中で重く評価されたとはいえ、「世をかろく思ひたる曲者にて、よろづ自由にして、大方、人に従ふといふ事なし」で、その無作法にも見える奔放な生活ぶりに、それが心中の大事に比べれば取るに足りぬことであると考える姿勢があらわれている。いわば思いのまま、勝手気ままの自由人であって、謹厳な人とはいえない。しかし、そこにはこだわりというものがなく、何事においても率直に行動できるただものではない人物と兼好はとらえている。それは、「無為」そのもの、世間の約束事に拘らぬ「道」の人としての生き方が身体化されているともいえる。そこにはわざとらしさがない。意味があるのかないのかという一般的な基準を超越している。それが無駄であるか無駄でないかで計れないものがある。「無為」とはもともと、世俗的世界では役に立たないということを表している。これもまた、天地自然に任せてことさらなことを作為しないすがたのあらわれと見ることもできる。

また兼好は、世の中では異常あるいは狂気と見られる人のすがたをも凝視する。第一九五段には、ある人が見かけた不思議な情景を語る。「小袖に大口着たる人、木造りの地蔵を田の中の水におし浸して、ねんごろに洗ひけり」というものであり、不審に思って見ていると、その従者と思われる人たちが来て「ここにおはしましけり」といって、その人を連れて行った。礼装でありながら地蔵の木像を田の中に浸けてごしごし洗うという奇妙な行動を取っていたのは、久我内大臣、源通基であった。以前は、この人はまことにすぐれた立派な人であったという。そこに何があったのかと、兼好を引き付けるものがある。異常と見える行為を黙々と持続的に行うそのすがたは不思議な感動を与える。人間の心に起こったことを隅々まで理解することはできないが、おそらく人の心をそのようにしてしまう何かがあったのにちがいない。しかし、それはけっして自分たちとは別の世界のできごととは思えない。誰の心にもふと起こることなのかもしれないのだという感覚が兼好にはあっただろう。その異常さのうちに、人間の自然の発露ともいえるものを見てしまう。そのなかには畏れや慎みといった感情がはたらいており、けっして尋常ではないとはいえ、それもまたひとつの「無為」の行為と受けとめられねばならない。兼好にとっては、通基は「よき人」の一人として、何らかの思い出につながっていたのではないかとも考えられる。

このように、一方でこれほどの人はいないといわれるくらいすぐれていながら、ただそれを誇るだけではない何かを、意図するしないにかかわらず自然なかたちで表にあらわしてしまう人がいる。それは、兼好にとって「道」の人というべきであろう。第一六八段で、いかに自分の専門の知識を豊富にもっていようと、老年になると「今は忘れにけり」というのがよいという。[2]あらゆることを語りもし、あらゆることを知りもするが、同時に何事も知らない。「忘れる」ことは『荘子』全編にわたって述べられており、誉めたり譏ったりを「両忘してその道に化する」（両方とも忘れて道と一体化する）あり方が勧められる（大宗師篇）。またこの場合、聖人とは「物を忘れ天を忘れ」た「忘己」の存在である、とされる。自己を忘れ世界を忘れる、ただただ天地自然のあるがままのはたらきにあるがままにまかせることによって、時間空間や生死を超越して窮極の境地に入った話もある。真の道を知った者は、こうした存在でもある。したがって、知っていてもむやみに言い散らすということはない。[3]かえって、「定かに弁へ知らず」などといっているのが、ほんとうにその道の大家だと感じられるだろうと、兼好はいう。これも「よき人」の一つのありようである。それでは兼好自身はどうだったのか。(4) 第四一段で賀茂の競馬を見に行った折のこと、人混みの向こうで楝の木の股にとりつきながら見物し、しかもそこで居眠りをして今にも落ちそうになっている者がいる。人々はそれを馬鹿者だとあきれ笑ったが、そのときふと思いついて次のようにいう。「我等が生死の到来、ただ今にもやあらん。それを忘れて物見て暮らす、愚かなる事は、なほまさりたるものを」。

われわれの死期はいつやって来るかわからない。今すぐかもしれない。それを忘れて見物などして日を暮らしているのは、いっそう馬鹿だといえるではないか。これを聞いた人たちは、ほんとうにその通りだといって、そのようにいった自分に場所を空けて呼び入れてくれたという。兼好にはそれまで、その人たちは理屈をいわない庶民であり、いわば自分のような存在を一方で拒否しているように感じられただろう。しかし、その彼らが一斉にこちらを見て、その存在を認め、話にうなずき、道を開いてくれた。これは、教訓を垂れているように見えて、自分を高みにいる人間とするのではなく、自らを愚かな連中と同じ場に引き入れるとき、そこにはそのいずれでもない世界が開けることを表している。無常の観点からみて、ささいと思えるようなことにも深い意味を込める。しかし、それがささいなことであることには変わりがない。そもそも、切に無常を思っている自分が、一方でまた世の中のささいなことに好奇心を失うことがない。そのようにしてたまたま口をついてことばが出るということが「無為」であったように、彼らの中に入っていくこともまたそうであったといえる。兼好は自分を「よき人」と同等に置くつもりはないだろうが、これもまた「道」の人のすがたであるということはできる。そもそも、知性と感性とは互いに補完する関係にある。兼好は自分が学び、考えることで感性を磨き、それによってたどり着いたところをさらに新たな学びに結びつける。「よき人」のもっている品性はその知性と感性を十分に生かし身につけた人の調和のうえに成り立っているということができる。その調和は「無為」においてこそ成り立つのであり、絶妙のバランスは意図してできるものではないのである。

二　色好みと道念

兼好は、「あらまほしかるべき」ことの一つとして、恋の情趣を理解することを挙げた。第三段で、「万にいみじくとも、色好まざらん男はいとさうざうしく、玉の杯の底なき心地ぞすべき」、恋愛感情がわからないような男は誰がみてもはなはだもの足りないと感じられるだろうという。「露霜にしほたれて、所定めず惑ひありき、親の諫、世の謗りをつつむに心の暇なく、あふさきるさに思ひ乱れ、さるは、独り寝がちにまどろむ夜なきこそをかしけれ」として、恋のために落ち着かない気持ちのまま、周りから何をいわれてもそれを聞く余裕もなく思い乱れ、煩悶のために夜もあまり眠れないというようなのがかえっておもしろいと思う。そうかといって、ただむやみと色に耽るというのではなくて、女から与しやすい人だと思われないのがよいともいう。ここで大切なことは、兼好は恋愛の歓喜や感情の昂揚をただ讃美しているだけではなく、恋愛の醸し出す情調を重くみているということである。それは気持ちの高ぶりも迷いも、喜びも悲しみも、幸せも不幸もさまざまな感情が綯い交ぜになって、その中から自らを人間として豊かなものにし、成長させていくのが色好みであるということであった。人間の自然とはそういうものであり、波瀾に富んでいるからこそ、そこから得るものも多い。それは「道」につながる。

一方で、人を恋愛感情へと導くもののうちには色欲という衝動が根源的なものとして横たわっており、それがなまのかたちで表にでてくるとき勝手を失うこともある。もともと人間とは、そういうふうに生きているのだということを知っておかねばならない。第八段では、「世の人の心惑はす事、色欲にはしかず。人の心は愚かなるものかな。匂ひなどは仮のものなるに、しばらく衣裳に薫物すと知りながら、えならぬ匂ひには必ず心ときめきするものなり」という。匂いなどというものは仮象にすぎないと頭ではわかっていても、その何ともいえない匂いに胸がわくわくするのが抑えられない。「世の人」といい「人の心」というのも、他人のことではなく兼好が自らの内心に照らして、自身の重い感覚としていっているのだろう。久米の仙人が通力を失う話も、「物洗ふ女の脛の白きを見て、通を失ひけんは、まことに手足はだへなどの、清らに肥え脂づきたらんは、外の色ならねば、さもあらんかし」と、肉体がもともっている魅力なのだから、心を乱されるのも無理からぬことだとする。自己のありようをありのままに見つめていくと、愛欲という問題が避けては通れないものであると認めざるを得ない。

第九段では「まことに愛著の道、その根深く、源遠し。六塵の楽欲多しといへども、皆厭離しつべし。その中に、ただかの惑ひの一つ止めがたきのみぞ、老いたるも若きも、智あるも愚かなるも、変る所なしと見ゆる」とし、実際男女の愛欲は根が深く、仏教にいう色・声・香・味・触・法、六つの刺激によって起こる欲望は厭い離れることができても、この異性への煩悩だけは、老若にかかわらずどんな智力を働かせても変わらないと思われるという。本能は道徳や理性を圧倒する。兼好は、人間とは弱い、惑いやすい存在だと身に沁みて知っており、迷妄と知りながらその迷妄に身を任せざるを得ない人間のすがたに、視線を向けないではいられない。色欲そのものを悪いとするのではなく、それとどのように向き合うかが問題なのである。

兼好はこのように異性を気になる重要な存在として認めながら、また否定的な女性観も披瀝する。第一〇七段では、「女の性は皆ひがめり。人我の相深く、貪欲甚だしく、物の理を知らず」「すなほならずして、拙きものは女なり」というが、これが兼好の一貫した女性に対する態度かというと、そうではない。一方で、「ただ迷ひを主として、かれにしたがふ時、やさしくも、面白くも覚ゆべき事なり」と続ける。ただただ迷妄に身を任せて女の心に従うときこそ、はじめて女というものが、優美にも晴れ晴れと明るく快くも感じられるはずだともいう。こういう兼好自身「迷ひ」を避けては通れず、むしろそれが逆に自然であるとする立場から、女性礼讃、恋愛讃美の論も生まれてくる。好ましい女性について幾度となく語ることになるが、それは「迷ひ」のうちに人間の自然なすがたをみたからであり、結果として兼好が特定の女性との関係を保つということがなかったことにもつながるのかもしれない。それは一つの生き方であり、道である。

何の苦もなく迎えられるような場合よりも、さまざまな辛さを越えてやっと会えるような男女関係のほうが恋の喜びは大きい。第二四〇段で、「しのぶの浦の蜑の見るめも所せく、くらぶの山も守る人繁からんに、わりなく通はん心の色こそ浅からず、あはれと思ふ節々の、忘れ難きことも多からめ、親はらから許して、ひたぶるに迎へ据ゑたらん、いとまばゆかりぬべし」という。忍ぶ恋路は窮屈で人の目も気になるが、何としても会いたいと思うその情熱はかえって並々ならぬものとなり、そこにしみじみと深く感じるいろいろなことで、忘れられないことが多いという。ましてや利害欲得が絡んだ結婚などは恋とはいえない。「花は盛りに、月は隈なきをのみ見るものかは」といい、ものごとはその頂点においてだけではなく、始めから終わりに至るすべての相においてとらえるべきだとした第一三七段で、「男女の情も、ひとへに逢ひ見るをばいふものかは。逢はでやみにし憂さを思ひ、あだなる契りをかこち、長き夜を独り明かし、遠き雲井を思ひやり、浅茅が宿に昔を偲ぶこそ色好むとはいはめ」、会えないで終わってしまった辛さをしみじみと思い、空しくなってしまった約束を嘆き、ただ独り遠くの恋人を思い昔の逢瀬を懐かしく思い出す、それでこそ恋の情趣を弁えていることになる。どれほどその一刻一刻を大切に、深く生きていたか、生きているかということが、人間を自然な感動に導いていく。[5] 老子は「道」から生成されたものごとを追い求めるのではなく、その視点を常に、ものごとが「道」に復帰する方向に据えていた。そこに、人間にとっての自然、あるいは人情の機微を感じさせる振る舞いについて、一つの道が示される。

そういう人を印象深く描いたひとつの段として第三六段がある。ある人から聞いた話としてはいるが、つきあいのあった「もののあはれ」を知る女性の一人だろう。「久しくおとづれぬ頃、いかばかり恨むらんと、我が怠り思ひ知られて、言葉なき心ちするに、女の方より「仕丁やある、一人」など言ひおこせたるこそ、ありがたく嬉しけれ」。長く訪ねなかった自分の怠慢を恨んでいるだろうと思っていたのに、その気持ちを察し「仕丁」にことよせて救いの手を差し伸べてきたその女性の思いやりを深く感じている。日常的に寄り添って暮らしているわけではないからこそ、ふとそのよさに改めて気づかされるということがあるとする一方で、第三七段では「朝夕へだてなく馴れたる人の、ともある時、我に心おき、ひきつくろへるさまに見ゆる」、ふだん親しくしている人でも、あるとき改まった心遣いを見せる相手の姿に誠実さを感じ、好印象を持つこともあるし、また「疎き人の、うちとけたる事など言ひたる」、あまり親しくない人が、気兼ねのない話をするのもよいという。ここには交情の妙味があり、兼好はその奥行きのある身の処し方に感じ入っている。

このように色好みは、男女関係の微妙さ不思議さを楽しみ、そこに情趣を感じることをいう。欲望や衝動に溺れるのではなく、ときには恋する自分と相手、さらにはその場面や周囲の状況をとらえてしみじみと人生の哀歓を味わう。すでに過ぎ去ってしまった恋のあれこれや、その移り変わりにも、自然と兼好の思いはゆく。それが兼好のいう色好みであった。したがって、第二六段で、「風も吹きあへずうつろふ、人の心の花に馴れにし年月を思へば、あはれと聞きし言の葉ごとに忘れぬものから、我が世の外になりゆくならひこそ、亡き人の別れよりもまさりて悲しきものなれ」という。風が吹くか吹かないうちに散る花のように、変わりやすい人の心の、その華やかな情熱に親しんだ年月のことを思い出すと、しみじみと感じ聞いたことばの一つ一つについて忘れないとはいうものの、その相手が自分の世界から遠く離れたものとなってしまう世の習わしは、死別以上に悲しいという。ここには失った恋に関する表現の切実さが強く感じられ、三〇歳前後とされる兼好の出家の動機が、資料は乏しく詳しいことはわからないものの、このような失恋に由来するのではないかといった推測も生まれてくる。さらには、兼好のその後の道念もその上にも築かれることになる。

色好みに表れるものの見方考え方は、兼好の生き方と深くかかわっている。平安時代、恋は上品に、優雅に、遊戯的に、風情をもって行うのが教養というものである、というのが当時の男たち女たちの信念であったように思われる。清少納言に代表されるように、文芸サロンに集った才女たちが一流の知識人の男性たちと交歓を愉しみ、そこに色好みにまつわる情景が展開した。複雑極まる男女関係も色好みの全盛時代においては、人の耳目を驚かす珍事ではなく、嫉妬心を刺激するような事件でもなかっただろう。『蜻蛉日記』の作者のように、愛情というものを、この色好みのような社交的多角的なものとして愉しむことを知らぬひたむきな女性もいたが、それまでの物語に表れる色好みは、その作者自身が色好みのヴェイル越しに男女の仲を眺めていたはずである。一方、紫式部は、その色好みを客観的に対象化して描き出すということを試みた。そこに、当時の色好みの二面性が反映されているともいえる。

兼好は、そういう王朝物語の色好みについても、十分承知していただろう。そのうえで、人が生きる一刻一刻のかけがえのなさを自覚し、その大切なひと時ひと時のなかで精一杯生きた過去が、そう簡単に消え去ってしまうわけではないと感じている。兼好が愛おしく思うその対象は、心に刻み込まれたある女性のありようであり、その人と共に過ごした貴重な時間であり、それを感じながら生きたそのときの自分自身であった。一方で「人の心は愚かなるものかな」と嘆きながらも、そこでしみじみとかかわることによって得られるものは、人生において何ものにも代え難い経験であり、兼好が人間を人間として根源的にとらえようとするとき、それは根本的要請となる。したがって、兼好にとって色好みはほんらい自然のすがたであって「道」と矛盾・対立するようなものではなく、むしろその道念を考える上で前提とされなければならないことなのである。

三　道としての有職

ものの自然なすがたあり方を求める兼好にとって、ほんらいあるべきと思われるものが失われている状態を見過ごすことができない。乱脈な時代であるがゆえに、古いもののなかにかえって自然ともいえる秩序を見てしまう。それが、有職故実を尊重する気持ちにつながる。そこに一つの道が生まれる。有職家は道の人でもあった。しかし、何がほんとうの道であるかをしっかりと見極める必要がある。場合によっては、有職を専門とする者たちの誤りが正されねばならない。第三三段にはそんな例が示される。「今の内裏作り出されて、有職の人々に見せられけるに、いづくも難なしとて、すでに遷幸の日近くなりけるに、玄輝門院御覧じて、「閑院殿の櫛形の穴は、丸く、縁もなくてぞありし」と仰せられける、いみじかりけり。これは葉の入りて、木にて縁をしたりければ、あやまりにて、なほされにけり」。新しい内裏が作られ、故実に通じた人々が見てどこにも欠点がないということで天皇がそこに移る日も近くなったときに、「清涼殿の鬼の間の櫛形穴は、丸くて縁もなかった」と、玄輝門院が昔のほんらいのありようを憶えていて、その問題点をいい当てたのはみごととしかいいようがないという。

こうして誤りが正されることになった。もともと自然なすがたとはどのようであるのかということが、兼好にとっては大切なのである。

したがって、有職といい故実といっても現に行われていることがあるべきかたちをとっているとは限らず、むしろほんらいからすればその本質と相容れないようなことになっている場合もある。第六三段では「後七日の阿闍梨、武者を集むる事、いつとかや、盗人にあひけるにより、宿直人とて、かくことごとしくなりにけり」と、宮中の仏事である後七日の御修法の導師が武士を集めて身辺を警固させることは、いつのことであったか、その御修法の時に盗人に襲われてしまったときから、宿直人といってこのように仰々しくなってしまったのだという。盗人という偶発的な不祥事によって、故実が変わってしまうということもあるということである。これについて、「一年の相は、此の修中のありさまにこそ見ゆなれば、兵を用ゐん事、穏やかならぬことなり」、新年の改まった行事に物々しく武士たちを集めるのは穏当ではないと、兼好自身が武者というものに対する一つの見解を示している。これも何が自然かという問題になる。

第九五段では「箱のくりかたに緒を付くる事、いづかたに付け侍るべきぞ」と、兼好が有職家に尋ねている。それに対して、「軸に付け、表紙に付くる事両説なれば、いづれも難なし」

との答えであった。つまり何れであってもよいのは、受け継がれてきたものが長い間にそれぞれの説として分かれてしまったからである。しかし、たとえそうであっても、やはりそれは兼好にとって疎かにはできない関心事であった。兼好を有職や故実に引き付けたのは何かといえば、人生のある時点で自らが近づき身を置いた社会において、それはその自然な状態を維持するための必然性をもったある種の法則として生み出され、現にはたらいているということであった。それは、その社会が長きにわたり衆智を結集して作り上げた生活の遺産であり、そこにある奥行きが、兼好にたえず一種の問題意識を抱かせるのである。

兼好にとっては、紐の結び方ひとつでさえも由緒ある伝統の一環であり、些事とは思えない。そこに流れている自然を生かすことができているかどうか、文化そのものが形骸化していないかということに関心を寄せる。第一五九段で「みなむすびといふは、糸を結び重ねたるが、蜷といふ貝に似たればといふ」というある人のことばによって、「みな」のことを世間で「にな」といっているのは間違いであるとしている。このように、兼好は、その語源を探ることにも意欲を示している。「蜷」といふ漢字はふつう「にな」と読まれる。糸を結び重ねた形状が「蜷」という巻き貝に似ているところから「になむすび」という誤った言い方が生まれたが、「みなむすび」が正統な語形であるというのが兼好の下した結論である。しかし一方で、一般の人の考え方からすれば、この結び方は巻き貝の「になむすび」でなければならならないのに、それが訛って「みなむすび」になってしまった、これはほんらい「になむすび」とすべきだという考えが流通していたとも考えられる。どちらがほんとうなのか、なかなか判断が下しにくい問題である。(6) こういうときに兼好は、「あるやんごとなき人」のことばに信を置いている。日常語は流動的であり正統の伝承に頼るのがよいとする。それは、伝統に基づいて必要な教養を積み、経験を重ねてきたからこそ出された判断であるという認識が背景にある。したがって、それがこの場合、兼好にとっての自然であった。

また、ある場面において、経験に基づくより正しい処置の仕方を知っているかどうかが問われることがある。第一七七段では、蹴鞠の会があったとき雨でぬかるんだ庭をおがくずを敷いて事なきを得たということが語られたとき、「吉田中納言」の「乾き砂子の用意やはなかりける」という指摘が一同を感心させたという。すでに「東国からの視線」との関連において触れたことであるが、兼好は、「いみじと思ひける鋸の屑、賤しく異様の事なり。庭の儀を奉行する人、乾き砂子を設くるは、故実なりとぞ」としている。故実ということばは、一般に形骸化した習慣を連想させることもあるが、それはほんらい過去における具体的な経験の累積から帰納された法式であった。徒然草で取りあげる有職故実は、兼好にとってたんなる知的関心事や尚古趣味ではなく、知識の積み重ねであるとともに、長年人々を納得させるものであり、それをあえて意志的に選び取ることによって築かれた澄みきった世界を表現しており、兼好はそこに自らが現実を超えるための足がかりを作ろうとしている。その根本は、さまざまな叙述を通して人生の最も深いところを基礎づけるものとなっている。その関心は、衰えつつある自然な秩序がいかなる事態にあるかを明らかにすることによって、それを回復しようとする熱意ともなってあらわれる。

確かに、第五九段で「大事を思ひ立たん人は、さりがたく、心にかからん事の本意を遂げずして、さながら捨つべきなり」とする遁世の立場と、この有職故実にこだわる姿勢がそのまま結びつくとは思われず、それが徒然草の矛盾だとされるかもしれない。しかし、兼好の生きた時代と社会の状況にそれを据え直し、そこから改めて考えてみるとき、否定される形式は、そのことを行う人の心に確かな根拠がないとみるときに限定される。故実を論証するプロセスのもつ合理性・実証性は、たとえ表面的に見る限りたんなる古臭い有職の考証随筆にすぎないと受け取られかねない場合においても、兼好にとってはそれがほんらいあるべき自然のすがたを明らかにしようとすることのあらわれなのである。その主張は一貫したものをもっており、一方でそれによって新しい世界を切り開いていく方向も指し、その独自性をも生み出している。

したがって、宮廷生活讃美や古代憧憬が強くあらわれていると見えるのも、それはもっと根本的なところにその由縁がある。むしろ、そこから生じてくる兼好にとっての自然とは何であったのか、そして、遁世を契機として気づくことになった作為を超えた人間のあり方やつれづれの「無為」と、それがどのようにつながるのかについて考えなければならない。

四　道を知る

道を知っているということは、その人にとって特別なことでも何でもない。長い間に積み上げられたものの上に立って、作為することなく自然に行動をし、それがある必然性をもってその人を生かしているということである。「自然」とは、ものやことがほんらいの存在のままに、あるがままにはたらくということであり、「道」においては、その自ずからあらわれるところが模範であり、窮極のものなのである。第七〇段には、「元応の清暑堂の御遊に、玄上は失せしにし比、菊亭の大臣、牧馬を弾じ給ひけるに、座に着きて、先づ、柱を探られたりければ、一つ落ちにけり」とあって、内裏で管弦の遊びが行われた際、菊亭の大臣、藤原兼季が玄上につぐ名器とされる琵琶、牧馬を弾こうとしたとき、音階を変えるためになくてはならない四つの柱のうちの一つが落ちてしまったという。おそらく誰かが兼季に恨みをもっていて、何者かを使ってそれを外しそのまま載せておいたのだろう。問題は、改まった儀式の中での出来事であり、そんなことがあろうとは思いもしない状況でどう振る舞ったかということである。演奏に何のさしさわりもなく終えることができたというのがその結末だが、それは危機的な場面で慌てることなく兼季が「奇跡的」にもうまく対処したからである。「御懐に、そくひを持ち給ひたるにて付けられければ、神供の参る程によく干て、ことゆゑなかりけり」。懐にもっていた糊で手早く付け演奏までによく乾いたという。当然なすべきこととして用意し、無事に、確実にやり遂げたことがよい。何でもないことのようだが、その行動があまりにも自然に行われたのには、琵琶の専門家として兼季がその故実に通じていたからであり、いかに奇跡的に見えようともそれは平凡に解決されている。特別なことをしているわけではないこの自然さに道がある。偶発の機転と見えて、実はこれは必然の結果なのである。

道にのっとった振る舞いは、身分の上下にかかわらない。たとえ下級の官職にあっても、職務に忠実であるがゆえに公事に通じ機転を利かせることのできる道の人の行動を、兼好は重く見る。第一〇一段では「或人、任大臣の節会の内弁を勤められけるに、内記の持ちたる宣命を取らずして、堂上せられけり。極まりなき失礼なれども、立ち帰り取るべきにもあらず」とあり、大臣任命の儀式で諸事を指揮する内弁を勤めた人が、任命の旨が書かれた宣命を受け取らずに紫宸殿に上るという失態を犯したが、引き戻せない。このとき、六位外記の地位であった中原康綱は、「衣被きの女房を語らひて、かの宣命を持たせて、忍びやかに奉らせけり」として、兼好はこの臨機の自然な処置に感嘆している。したがって逆に、道を知らない者が、その道のことを知っている者を身分が低いからといって軽々しく扱うのは自然に反するし、心ある人は見過ごすことができない。第一一四段では、「今出川の大殿」、西園寺公相が嵯峨へ行く途中、有栖川の辺りの水が流れている所で、賽王丸という牛飼いが牛を急がせたので水が牛車の前板の上にまでかかったのを、従者と思われる為則が後ろの席から「希有の童かな。かかる所にて御牛をば追ふものか」と責めたのを、公相が不機嫌に「おのれ車やらん事、賽王丸にまさりてえ知らじ。希有の男なり」、知らない事に知ったかぶりをして口出しするとは、お前の方こそけしからん男だ、といってかえって為則の頭を牛車にぶつけたという。当時牛飼いには名手といわれる者がいて、この賽王丸はその中でも一目置かれていたとされる。

ふつうは見逃されてしまうようなことでも、そこにある良さも悪さも見抜いてしまうのが道の人である。兼好が興味を持っていたもののひとつが馬乗りである。第一八五段には「城陸奥守泰盛は、双なき馬乗りなりけり。馬を引き出させけるに、足を揃へて、閾をゆらりと越ゆるを見ては「これは勇める馬なり」とて、鞍を置き換へさせけり」という。執権北条貞時の外祖父であった安達泰盛は、並ぶ者のない馬乗りといわれ、馬が敷居をまたぐのを見るだけで「これは気の立っている馬だ」と他の馬に替えさせた。逆に、足を伸ばしたまま敷居にぶつけるような馬は鈍い馬だとして乗らなかったという。「道を知らざらん人、かばかり恐れなんや」とあり、道について深く知っているからこそ、これほどまでに用心するのだということである。第一八六段には「吉田と申す馬乗り」がその道の秘訣を述べる。「馬毎にこはきものなり。人の力、争ふべからずと知るべし。乗るべき馬をば、先づよく見て、強き所弱き所を知るべし」。馬はどれでも強情なものであり、人の力はこれと争うことができないと知らねばならない。乗ることになっている馬を、何よりもよく観察して強いところ弱いところを知るのがよい。次に、轡・鞍など道具に危ない所はないか点検し、気になるところがあればその馬を走らせてはならないという。けっして難しいことをいっているのではなく、ごく当たり前のこと、誰にでもできることを弁え、自然に行動に移せるかどうかというのが、「馬乗り」の馬乗りたるところであり、それがほんとうの道を知ることなのである。

このようにして馬をよく見、その特徴をとらえるということができないで、不用意に馬に乗る者は落馬する。本人はわかっていなくとも、その道に心得のある人は予めその不運を見抜いてしまう。第一四五段では「御随身秦重躬、北面の下野入道信願を、「落馬の相ある人なり。よくよく慎み給へ」といひけるを、いと真しからず思ひけるに、信願馬より落ちて死ににけり」、道に長じた者の的確な見極めを人々は不思議だ「神の如し」だと思ったが、「落馬の相」を読み取ったのは単なる見込みでもなければ当て推量でもない。きわめて合理的な判断に基づいている。それは、「桃尻」、馬の鞍に尻の据わりの悪い人と、「沛艾の馬」、気の荒い馬という両者のもともとの不適合が、落馬という当然の成り行きになることを体験的に知っていたからである。どういうときに人間は過ちを犯すかということを、道の名人といわれる人は見抜く目をもっている。

第一〇九段では「高名の木のぼり」と世間でいわれたいた男が、人に指図して高い木にのぼらせて木の枝を切らせたときに、非常に危なそうに見える間は何もいわないで、家の軒先の高さまで降りてきたときになってやっと、「過ちすな。心して降りよ」とことばをかけた。そういわれた人が「かばかりになりては、飛び降るとも降りなん。如何にかく言ふぞ」、これくらいになったからには、飛び降りても降りられるだろう、どうしてそんなことをいうのか、と尋ねると、「その事に候ふ。目くるめき、枝危きほどは、己れが恐れ侍れば、申さず。過ちは、安き所になりて、必ず仕る事に候ふ」と答えた。眼が回るような高い所、枝が今にも折れそうな所は本人が自ずと恐れ注意を払っているからいう必要がない。しかし過ちは安全と思われるところになって必ずしでかしてしまうものであるという。兼好は、こういう名人、達人とされる人のことばは、その身分は低くとも聖人の戒めに適っていると共感している。道の名人は何を見ているのか、そこに見える真実とは、失敗は油断から生まれるという当たり前のことを、まさに当たり前のこととして受けとめ、自然とそれが行動となってあらわれる、無理のないあり方であるともいえる。

いずれにせよ、道の真実を知っているがゆえに敬われる人たちのことばは、計り知れぬ深さがその背後には感じられる。専門家は、その道の本質をつかんでいるが故に、かえってダイナミックなものの見方ができる。そこに合理性もあり、力動性もある。それはどの道においてもいえる。第一一〇段では、双六の上手といわれる人に、その方法を聞いたところ、その答えは「勝たんと打つべからず。負けじと打つべきなり。いづれの手か疾く負けぬべきと案じて、その手を使はずして、一目なりとも、おそく負くべき手につくべし」、勝とうと思って打ってはいけない。負けまいと思って打つのがよい。どの手がきっと早く負けるだろうかと考えて、その手を使わないで、たとい一目でも遅く負けると推測される手に従うべきだという。勝とう勝とうと気持ちが前へ出るときすでに欲に捕らわれている。負けまいと思えるのは余裕があるからである。むしろ、勝ち負けに強くこだわるために自らを失うということがない冷静さを身につけよといっているように思われる。このように慎重にことを運ぶことは、生き方としては消極的に見えるかもしれない。しかし、ここで兼好が考えようとしているのは、このあえてしないということのうちに積極性があるということである。

無為とは何もしないということではない。仮に何もしないようなかたちを取ることがあったとしても、必ずそこに積極性が生まれている。道の人はそのことを知っている。天地自然のはたらきに間髪を入れずぴったり即して生きることは、世俗世界に「無用」であり続けることが、同時にそのはたらきのきまり、すじみちに通暁することに通じる。「荘子」にはさまざまな技術に熟達した名人が登場するが、例えばその代表が庖丁（料理人）である。彼が「道」を体得したからであり、「道」とは天然自然に即して刀を使う技であった。第一二六段では「ばくちの負け極まりて、残りなく打ち入れんとせんにあひては、打つべからず。立ち返り、続けて勝つべき時の至れるとしるべし。その時を知るを、よきばくちといふなり」ということばを挙げている。博打打ちもまた道を知れる者であって、多年の経験から運命の定めるところを知っている。無為のところに引き絞られた力は必ず攻勢へと転ずる時を待っている。そのことがわかるかどうかは、外形に捕らわれないで本質を見抜く目を持っているかどうかで決まる。

それに気づくためには、謙虚さがなければならない。

その「一道に携はる人」の心得を説いたのが第一六七段である。「我が智を取り出でて、人に争ふは、角ある物の角を傾け、牙あるものの牙をかみ出だす類なり。人としては善に誇らず、物と争はざるを徳とす。他にまさることのあるは大いなる失なり」という。自分の智恵を持ち出して自分がすぐれていることを自慢する気持ちで争うのはよくない。家柄の高さにせよ才芸の優秀さにせよ、自分が勝っていると思って相手を見下すその内心のありようが、すでに「とが」つまり欠点となっている。「をこにも見え、人にもいひ消たれ、禍を招くは、ただこの慢心なり。一道にもまことに長じぬる人は、みづから明かにその非を知る故に、志常に満たずして、終に物に誇る事なし」。本人がどんなにすぐれていると思っていても他人から見ると馬鹿らしく見え、わざわいを招くのはまさにこの慢心であるという。道の人はそれを知っており、けっして自分が完全であるなどとは思わない。むしろ、自らを持たざる者として位置づけ、その人なりのあえて何もしない「無為」を貫くのである。それは意識してできることではなく、道の追究において身につくものであり、それは、現世にいながら現世を超える自在さとなるだろう。兼好はそこに人間観としての無為の積極性を見いだしているように思われる。

五　無為に至る道

今いる状況の中で大切なことに気づくためには、自らを損なうもととなっているその捕われから解放される必要がある。常識とされる事柄を疑ってかからなければならないこともある。第九七段ではそのような例が示される。「その物に付て、その物をつひやし損なふ物、数を知らずあり。身に虱あり、家に鼠あり。国に賊あり。小人に財あり。君子に仁義あり。僧に法あり」という。虱や鼠や賊が害を及ぼすのは当然としても、君子に仁義、僧に法があるのは全く害ではあり得ない、むしろよいことではないのか。しかし、ここで兼好がいおうとしているのは、もともと徳のある人間が行うはずの仁義も、その本質を弁えずに形式にだけこだわるならば、それは人間を損なうものとなるし、僧も仏法の本来の精神を忘れてその形式にのみ拘泥するならば、まさにその真に示すところを見失い僧を縛るだけのものになるだろうということである。この場合の仁義・法は、その自然の姿ではない。ものごとを常識的にとらえその本質をつかみ損ねるということがないかどうか、ということを問題にしている。それは、ある意味では皮肉なものの見方でもある(7)。

人は日常のあれこれに目を奪われて時機を逸するということがある。第一五五段で「世にしたがはん人は先づ機嫌を知るべし。ついで悪しき事は人の耳にも逆ひ、心にも違ひて、その事成らず」。どれがまさにその時機であるかということを、当然心得ておかねばならないという。しかし、その時機を自分で都合できるかというとそうではない。「病を受け、子生み、死ぬる事のみ、機嫌をはからず。ついで悪しとて、止む事なし。生住異滅の移り変る実の大事は、猛き河の漲り流るるが如し」。時機がよいか悪いかといってぐずぐずしている場合ではない。何としても成し遂げようとすることについては、躊躇ってはならない。例えば季節にしても、人が春夏秋冬という順序でただ流れているように思っているだけで、「春暮れてのち夏になり、夏果てて秋の来るにはあらず。春はやがて夏の気を催し、夏より既に秋は通ひ、秋は即ち寒くなり」というふうに、新しく来るものを迎える勢力を内部に用意しており次の季節が始まらないうちにすでに変化は起こっている。ましてや、生老病死には順序がない。人は、死はいずれやってくるだろうくらいに思っているがそうではない。「死は前よりしも来たらず、かねて後ろに迫れり」。すぐ背後に迫っているのにそれに気づいてない。いかに人は、自らの死をとらえ損ねていることかと、兼好はいう。ここからは、自然や生命の実相が強烈に迫ってくるのを感じる。

人間が、いかに自分のことを知ったつもりで実は知らないか、自己の姿に目を凝らさないか。それはまさに、死の迫っていることを知らないからである。第一三四段の「高倉院の法華堂の三昧僧、なにがしの律師とかやいふもの」は、鏡をつくづくと見て自らの顔の醜さに感じ入り、人と交わらず、勤行をのぞけば部屋に籠もっていたというが、兼好はその思いを称賛し、尊いものとしている。それは、世間の人がいかに己というものを知らないかということへの批判となっている。世の中で偉そうにしている人も他人のことを推測するだけで自分のことを知らない。それで他人のことがわかる道理があるはずがない。「己れを知るを物知れる人と言ふべし」という。自分の死が近いことも知らないのだから、もちろん修行の道が未熟であることも覚らない。自己の自然、ありのままの姿を知ることがいかに大切か、何よりもそれがすべての道の出発点となる。

兼好が考える道の重要なところが仏道であったことは、第四段「後の世の事心に忘れず、仏の道うとからぬ、心にくし」でもわかる。第一七四段で、一度その道を聞いて志を立てた以上は、自然と何事においても道から外れることはないという。ここでは、「小鷹によき犬、大鷹に使ひぬれば、小鷹にわろくなる」という例を挙げる。大に就き小を捨てるのがことわりであって、人間にとっても道を修めることを楽しみとする以上には何もないこととする。むしろ、捨てることが楽しみに結びつく。第一八八段では、ある人が子を法師にしようとして、まず説経を習わせようとしたが、説経法師になるために馬乗り、酒、早歌と次々に習って、それに打ち込んでいるうちに結局説経を習わずじまいになった話がある。人は、目の前のことに紛れて月日を送って、何事も十分に身に付かないうちに一生を終わってしまうものだ。したがって、「一生のうち、旨とあらまほしからん事の中に、いづれか勝ると、よく思ひ比べて、第一の事を案じ定めて、その外は思ひ捨てて、一事を励むべし」という。ほんとうに大事だと思われることが何か、それを自覚せよということであり、それ以外は捨てるということである。いろいろなことに執着していては何事も成就しない。捨てずに得ようという心がかえって何もかも失うという結果を招く、これは道理である。「一事を必ずなさんと思はば、他の事の破るるをもいたむべからず。人の嘲をも恥づべからず。万事に換へずしては一の大事成るべからず」という。

道を貫くためには、まずその環境を整えなければならない。住まいや調度に対する思いもあるが、横川での修道を通して、兼好には仏道について深まるものもあっただろうし、そういう環境の中でこそ都と山が地続きだという相対化が行われ、かえって現世が見えてくるということもあったかもしれない。第一五七段では、「筆を取れば物書かれ、楽器をとれば音を立てんと思ふ。盃をとれば酒を思ひ、賽をとれば攤打たん事を思ふ。心は必ず事に触れて来る」という。人間の心は必然的に取り囲まれている状況に出会ってはじめてそのはたらきが起こってくる。これはどうしようもないことである。不善もこうして行われるし、逆に経典の一句を見ればその前後の本文も自然と浮かんできて、それによって俄に長年の非を改めるということもある。もしその経文をひろげなかったならば、長く誤っていたことを気づかないままであったかもしれない。ここに、ものに触れることで生まれる利益がある。したがって、「心更に起らずとも、仏前にありて数珠を取り、経を取らば、怠るうちにも善業おのづから修せられ、散乱の心ながらも、縄床に坐せば、覚えずして禅定成るべし」。たとい仏教の教えを信じる気持ちがいっこうに起こらずとも、仏前で数珠を手にしているならば、いい加減な心であっても善業が自然に修められるし、気が散ったままであっても縄床にすわれば思わず知らず禅定の達することができるという。兼好は信じる、信じないということにこだわらないで、まずその環境に身を置くことこそが、大切なのだとする。そもそも、意識していることだけで何事かがなされるわけではない。状況に身を任せ、その意識的なこだわりを離れているとき、本然自然のすがたに自ずとなっていくということがある。それはまさに無為のありようであり、悟ったか悟っていないかに執着していること自体が目指すところからは遠いことの表れである。自然とは人為を放棄するところから表れる自動的な救いの力であり、その力は仏という自然、他者から生まれてくる。自他を超えた他力といってもよい。そのことは、「事理もとより二つならず。外相もし背かざれば、内証必ず熟す。強ひて不信を言ふべからず。仰ぎてこれを尊むべし」ともいわれる。事と理、つまり現象と本体はもともと別のものではない。外部に表れているありようが、道にそむかないでいるならば、内心はすでに悟りそのものとなっている。仏教の煩瑣な形式にこだわって、不信心をとがめ立てしてはならない。そこには、無為に至る道があるという。

ものにこだわらないという姿勢は、老いるという身体環境によっても表れる。第一七二段に「身を過つことは若き時のしわざなり。老いぬる人は精神衰え、淡く疎かにして、感じ動く所なし」とある。若くて活力に溢れているときは、ものごとに触れてあれこれと心が動き、情欲も多く危ういところがあるが、人間は老いると精神がそれほど敏感に反応するということもなくなり、万事にあっさりしていて、それほど衝動を感じることがない。それは、智の力をより発揮しやすい環境が整うといい、老いたるがゆえに、人間として自然なあり方ができるということにもつながり、道に達する近道ともなるという。無知無欲を自然とする老子を超えて、むしろ人間の本能的な欲望を肯定的にとらえる立場であり、ここに自然という言葉の多義性が示されている。兼好自身そういうものの見方ができるようにもなっているのだろうが、もともと常に道を求める人であり、求めれば求めるほど、道そのものになりきれないところもある。絶えず批判的に見るべきものはしっかりと見、人生の道をあれこれと考えるが、信仰にすっかり入り込むということもなかった。そういった生活のなかで、自らの愚かさも知ったうえで、何をするにもこだわりのない、ありのままのすがた、「無為」にできるだけ自覚的に向き合おうとしたということがいえる。

注

（1）馬場あき子「徒然草における超越的なもの」（『國文学』一九七二、七月号）「弘融は、法師の立場からは妄執の一つと考えられる三蔵の俗情を俗情として取らず、人間の自然な発露としてとらえることにより、仏の戒めとしての徳目が、その本質を失っていることを言い破った」

（2）道元にも同じような話がある。三木紀人『つれづれ人生訓』（集英社、一九九五）「正法眼蔵随聞記にある空阿弥陀仏明遍はいわゆる顕密兼修の碩学であったが、後に法然門下に入り、専修念仏の人となった。その立場で従来蓄えてきた諸事をすべて忘れてしまったといった。これを称賛した道元は、曹洞宗の禅僧として念仏の徒と対立関係にあり、彼らを折に触れて非難したが明遍の言葉「皆忘れ了りぬ。一字も覚えず」については共感を惜しまなかった」

（3）第一九三段「万の道の匠、我が道を人の知らざるを見て、己れすぐれたりと思はん事、大きなる誤りなるべし」とし、専門家が己の領域を越える愚を指摘する。また、教理だけに没頭して坐禅工夫の実践を伴わない法師をも戒めている。専門の道を尊ぶとともに、道の自然なあり方をいう。これはさらに、第二二九段「よき細工は、少し鈍き刀を使ふといふ。妙観が刀いたく立たず」と、まことの美は自己をバランスよく抑制するところに生まれるとすることにも通じる。「少し鈍き」ところにこそ真の凄みも発揮されるのだろう。

（4）伊藤博之「徒然草の作品論」（『國文学』一九六九、三月号）「徒然草は自照文学と言われるが、その自己を照らす鏡は、権威主義的な人間の卑小さ、知っていることは「すずろに言ひちら」し、「知らぬ事」まで「したり顔に」「言ひ聞かする」態度から承ける「いとわびし」といった自己感情をもとに、他人の批評意識を構成し、そこに自己の卑俗性を対象化するとともに、さらに仮構された「よき人」の水準にそれを投影するといった三面鏡の構造をもつものであった」

（5）永積安明「中世文学の可能性」（岩波書店、一九七七）「しかし他方では、古代の精神を対置しつつ、中世を否定しようとした宣長が、このような美意識に痛烈な批判をよせたのも当然であった。ただ宣長の批判は、兼好の否定的契機を、人間の自然にもとる作為として全面的に否定しようとするものであった。したがってその論は、反措定ではありえても対立者を止揚することができないためもあって、説得性の乏しさをまぬかれなかった」

（6）小松英雄『徒然草抜書』（講談社、一九九〇）「「蜷」が「ニナ」と「ミナ」のどちらが正しい読み方なのかと、ことさらあげつらわなければならない対象だったとは思えない。兼好にとって、それ自体としては、取るに足らないもので、どちらでもかまわなかったのかもしれない。しかし、ことばの正しさについての共通理解を尺度にしてすべてを律しようとすると、その判断には慎重を期する必要がある、という含みが「になといふは誤りなり」にはこめられているのではないか」

（7）例えば、「空」は仏教の世界観を代表する般若思想の勘所だが、執着を断ち「無心」の境地を意図するはずの般若の「空」の観念が、はからずも新たな執着の対象となり「無心」をそこなう危険性は大である。それは、「空執」とも「法執」とも呼ばれる。

あとがき

この稿を起こしたのは、新型コロナウイルスのことが広く話題にのぼり始めたころである。その感染症が他人事とは思えない身近な出来事と感じられるようになったときには、折しも、ひたすら徒然草の諸段について考える日々が続いていた。疾病や災害の恐れがわが身に迫ってくるとき、人は生きていることの何と危ういものかという感慨をもつ。歴史的に見ると、そのような経験の積み重ねのなかで、命というものが自分の力ではどうにもしようのないものだという死生観を養い育ててきたともいえる。しかし、たとえば病による死が日常的であった昔とは違って、医学の進歩の結果どういうかたちでやってくるかわからない死の必然性をまっすぐに見るということをしなくなったのかもしれない。ともかくいま生きていることの不思議さに自覚的であることがむずかしい時代である。

徒然草のなかに「思ひ懸けぬは死期なり。今日まで遁れ来にけるは、ありがたき不思議なり」とある。だからこそ兼好は、「人はただ無常の身に迫りぬる事を、心にひしとかけて、束の間も忘るまじきなり」というのであった。徒然草とは半世紀以上のつきあいになるが、若いころこういうことばが強く印象に残り、兼好の生きた中世とはどういう時代だったのかということを考えるきっかけになった。人は必ず死ぬものだということを切実に受けとめることによって、いま生きてあることに改めて光をあてることができるのではないかと思われる。

一方で、無常の現実を前にして人は、自らのやってきたことに反省を迫られる。ほんとうにあれでよかったのか、ひょっとしてあれもこれも無駄なことではなかったのか、という思いにとらわれることがある。しかし、無駄か無駄でないかは一概にはいえない。いくら否定されようとも、自分にとってかけがえがないといえることはある。本書で問題にした「無為」には両義性がある。無為とは、無駄な時の過ごし方、何もしないということではない。仮に何もしないようにみえる場合においても、必ずそこに何かがある。無駄であることと、無駄ではないどころか究極的な価値をもつことと、いずれかだけがその意味だといえるのではなく、無駄でありながらも無駄でないという、ある種の矛盾を含んだ表現が成り立つ。すべてを役に立つか立たないかで切り捨てることはできないということである。徒然草の「つれづれ」がそういうニュアンスをもっている。そこには、単に手持ち無沙汰というのとは違う積極性がある。ここでは、この「つれづれ」がわれわれにとっても大きな意義をもつことを問題にしようとした。

本書の一部分については、兵庫教育大学の山口眞琴先生が主宰されている研究会で発表し、それを機会として貴重なご教示をいただいた。不十分なところは多々あるが、何とかまとまりをつけることができた。また、上梓にあたり、大学教育出版の佐藤守社長をはじめ、多くの方々にお世話になった。改めて感謝を申し上げたい。

擱筆にあたって、かつて娘・悠子と交わしたことばのやりとりが思い出される。兼好が仏をめぐる幼い時の父との会話を忘れず、後にそのことを徒然草に書かずにおれなかったように、もうずいぶん前のことになるその問いかけが、いまを生きることに深くつながっていることを思わずにはいられない。

二〇二一年一〇月二八日

著者

■著者紹介

藤本　成男　（ふじもと　しげお）

1953年　兵庫県生まれ

1978年　岡山大学法文学部哲学科卒業

1999年　兵庫教育大学大学院学校教育研究科修士課程修了

著書

『日本的ニヒリズムの行方 — 正法眼蔵と武田泰淳』2011

『大いなる自然を生きる — エチカと正法眼蔵をめぐって』2019

以上、大学教育出版

徒然草のつれづれと無為

— 兼好にとって自然とは何か —

2021年11月30日　初版第1刷発行

■著　　者——藤本成男

■発 行 者——佐藤　守

■発 行 所——株式会社　大学教育出版

〒700-0953　岡山市南区西市855-4

電話（086）244-1268　FAX（086）246-0294

■印刷製本——サンコー印刷㈱

本書に関するご意見・ご感想を右記サイト（QRコード）までお寄せください。

ISBN978－4－86692－162－4